寺山修司全歌集

寺山修司 著

講談社学術文庫

目次

寺山修司全歌集

田園に死す

血と麦 191

未刊歌集　テーブルの上の荒野　275

寺山修司全歌集

田園に死す

――一九六四年

これはこの世のことならず、死出《しで》の山路のすそ野なる、さいの河原の物語、十にも足らぬ幼な児が、さいの河原に集まりて、峰の嵐の音すれば、父かと思ひよぢのぼり、谷の流れをきくときは、母かと思ひはせ下り、手足は血潮に染みながら、川原の石をとり集め、これにて回向《えこう》の塔をつむ、一つつんでは父のため、二つつんでは母のため、兄弟わが身と回向して、昼はひとりで遊べども、日も入りあひのその頃に、地獄の鬼があらはれて、つみたる塔をおしくづす

わが一家族の歴史「恐山和讃」

恐山

少年時代

大工町寺町米町仏町老母買ふ町あらずやつばめよ

新しき仏壇買ひに行きしまま行方不明のおとうとと鳥

地平線縫ひ閉ぢむため針箱に姉がかくしておきし絹針

兎追ふこともなかりき故里の銭湯地獄の壁の絵の山

売りにゆく柱時計がふいに鳴る横抱きにして枯野ゆくとき

間引かれしゆゑに一生欠席する学校地獄のおとうとの椅子

町の遠さを帯の長さではかるなり呉服屋地獄より嫁ぎきて

夏蝶の屍《かばね》ひそかにかくし来し本屋地獄の中の一冊

生命線ひそかに変へむためにわが抽出しにある　一本の釘

暗闇のわれに家系を問ふなかれ漬物樽の中の亡霊

悪霊とその他の観察

たつた一つの嫁入道具の仏壇を義眼のうつるまで磨くなり

老木の脳天裂きて来し斧をかくまふ如く抱き寝るべし

中古《ちゆうぶる》の斧買ひにゆく母のため長子は学びをり　法医学

いまだ首吊らざりし縄たばねられ背後の壁に古びつつあり

ほどかれて少女の髪にむすばれし葬儀の花の花ことばかな

畳屋に剝ぎ捨てられし家霊らのあしあとかへりくる十二月

川に逆らひ咲く曼珠沙華赤ければせつに地獄へ行きたし今日も

忘られし遠き空家ゆ　山鳩のみづから処刑する歌聞ゆ

地平線揺るる視野なり子守唄うたへる母の背にありし日以後

売られたる夜の冬田へ一人来て埋めゆく母の真赤な櫛を

長歌　指導と忍従

無産の祖父は六十三　番地は四五九《ぢごく》で死方より　風吹き来たる　仏町　電話をひけば　一五六四《ひとごろし》　隣りへゆけば　八八五《ははご》六四《ろし》　庭に咲く花七四《なし》の八七《はな》　荷と荷あはせて　死を積みて

　家を出るとも　憑きまとふ　数の地獄は　逃れ得ぬ！　いづこへ行くも　みな四五九《ぢごく》　地獄死後苦の　さだめから　名無し七七四《ななし》の　旅つづき　三味線抱きて　日没の　赤き人形になりゆく

かなしき父の　手中淫　その一滴にありつけぬ　われの離郷

の日を思へ　ふたたび帰ることのなき　わが漂泊の　顔を切
る　つばくらめさへ　九二五一四《くにこひし》　されど九二なき家もなき
われは唄好き　念仏嫌ひ　死出の山路を　唄ひゆかむか

犬神

寺山セツの伝記

亡き母の真赤な櫛で梳《す》きやれば山鳩の羽毛抜けやまぬなり

亡き母の位牌の裏のわが指紋さみしくほぐれゆく夜ならむ

トラホーム洗ひし水を捨てにゆく真赤な椿咲くところまで

念仏も嫁入り道具のひとつにて満月の夜の川渡り来る

大正二年刊行津軽行刑史《ぎょうけいし》人買人桃太は　わが父

村境の春や錆びたる捨て車輪ふるさとまとめて花いちもんめ

鋸《のこぎり》の熱き歯をもてわが挽きし夜のひまはりつひに　首無し

濁流に捨て来《こ》し燃ゆる曼珠沙華あかきを何の生贄とせむ

子守唄義歯もて唄ひくれし母死して炉辺に義歯をのこせり

灰作るために縄焼きつつあればふいにかなしも農の娶《めと》りは

法医学

てのひらの手相の野よりひつそりと盲目の鴨ら群立つ日あり

生くる蠅ごと燃えてゆく蠅取紙その火あかりに手相をうつす

見るために両瞼《りょうめ》をふかく裂かむとす剃刀《かみそり》の刃に地平をうつし

七草の地にすれすれに運ばれておとうと未遂の死児埋めらるる

縊《くび》られて村を出てゆくものが見ゆ鶏の血いろにスカーフを巻き

旧地主帰りたるあと向日葵は斧の一撃待つほどの　黄

〈パンの掠取〉されど我等の腹中にてパンの異形はよみがへらむか

われ在りと思ふはさむき橋桁に濁流の音うちあたるたび

屠夫らうたふ声の白息棒となり荒野の果てにつき刺さり見ゆ

白髪を洗ふしづかな音すなり葭切《よしきり》やみし夜の沼より

子守唄

捨子海峡

呼ぶたびにひろがる雲をおそれゐき人生以前の日の屋根裏に

かくれんぼ鬼のままにて老いたれば誰をさがしにくる村祭

死児埋めしままの田地を買ひて行く土地買人に　子無し

桃の木は桃の言葉で羨むやわれら母子の声の休暇を

その夜更親戚たちの腹中に変身とげゐむ葬式饅頭

ひとに売る自伝を持たぬ男らにおでん屋地獄の鬼火が燃ゆる

ひとの故郷買ひそこねたる男来て古着屋の前通りすぎたり

小川まで義歯を洗ひに来し農夫しばらくおのが顔うつしをり

狐憑きし老婦去りたるあとの田に花嚙みきられたる　カンナ立つ

味噌汁の鍋の中なる濁流に一匹の蠅とぢこめて　餐《さん》

暴に与ふる書

燭の火に葉書かく手を見られつつさみしからずや父の「近代」

わが切りし二十の爪がしんしんとピースの罐に冷えてゆくらし

老父ひとり泳ぎをはりし秋の海にわれの家系の脂泛《う》きしや

青麦を大いなる歩で測りつつ他人の故郷売る男あり

わが地平見ゆるまで玻璃《はり》みがくなり唄の方位をさだめむために

亡き父の歯刷子《はぶらし》一つ捨てにゆき断崖の青しばらく見つむ

まだ生まれざるおとうとが暁の曠野の果てに牛呼ぶ声ぞ

あした播く種子腹まきにあたためて眠れよ父の霊あらはれむ

死刑囚はこばれてゆくトラックのタイヤにつきてゐる花粉見ゆ

吸ひさしの煙草で北を指すときの北暗ければ望郷ならず

長歌　修羅、わが愛

いつも背中に　紋のある　四人の長子あつまりて　姥捨遊びはじめたり　とんびとやまの鉦たたき　手相人相家の相　みな大正の　翳ふかき　義肢県灰郡入れ歯村　七草咲けば年長《た》けて　七草枯れれば年老《ふ》くる　子守の霊を捨てざれば　とはに家出る　こともなし

寝ればかならず　ゆめをみて　ゆめの肴に子守唄「ねんねんころり　ねんころり　ころりと犬の　死ぬ夜は　満月かくし歯を入れて　紅かねつけて髪剃つて　うちの母さま　嫁にやれ　七十七の母さまに　お椀もたせて　嫁にやれ　どうかど

こかの　どなたさま　鴉啼く夜の　縁ぢやもの　赤い着物に
　縄かけて　どんと一押し　くれてやれ」

されば眠る母見れば　白髪の細道　夜の闇　むかし五銭で
　鳥買うて　とばせてくれた　顔のまま　仏壇抱いて高いび
き　長子　地平にあこがれて　一年たてど　母死なず　二年
たてども　母死なぬ　三年たてども　母死なず　四年たてど
も　母死なぬ　五年たてども　母死なず　六年たてども　母
死なぬ　十年たちて　船は去り　百年たちて　鉄路消え　よ
もぎは枯れてしまふとも　千年たてど　母死なず　万年たて
ど　母死なぬ

ねんねんころり　ねんころり　ねんねんころころ　みな殺し

山姥

むがしこ

とんびの子なけよとやまのかねたたき姥捨以前の母眠らしむ

漫才の声を必死につかまむと荒野農家のテレビアンテナ

わが撃ちし鴟《もず》に心は奪はれて背後の空を見失ひしか

降りながらみづから亡ぶ雪のなか祖父《おほちち》の瞠《み》し神をわが見ず

孕みつつ屠らるる番待つ牛にわれは呼吸を合はせてゐたり

東京の地図にしばらくさはりゐしあんまどの町に　指紋をのこす?

息あらく夜明けの日記つづりたり地平をいつか略奪せむと

鋏曇る日なり名もなき遠村にわれに似し人帰り来《きた》らむ

情死ありし川の瀬音をききながら毛深き桃を剝き終るなり

母を売る相談すすみゐるらしも土中の芋らふとる真夜中

発狂詩集

挽肉器にずたずた挽きし花カンナの赤のしたたる　わが誕生日

田の中の濁流へだてさむざむとひとの再会見てゐたるなり

木の葉髪長きを指にまきながら母に似してふ巫女《いたこ》見にゆく

修繕をせむと入りし棺桶に全身かくれて桶屋の……叔父

わが塀に冬蝶の屍をはりつけて捨子家系の紋とするべし

米一粒こぼれてゐたる日ざかりの橋をわたりてゆく仏壇屋

針箱に針老ゆるなりもはやわれと母との仲を縫ひ閉ぢもせず

つばめの巣つばめの帰るときならず暗き庇《ひさし》を水流れをり

茶碗置く音のひびきが枯垣《かれがき》をこゆるゆふべの犬神一家

家伝あしあとまとめて剝ぎて持ちかへる畳屋地獄より来し男

家出節

終りなき学校

義肢村の義肢となる木に来てとまる鵙《もず》より遠く行くこともなし

おとうとの義肢作らむと伐りて来しどの桜木も桜のにほひ

少年にして肉たるむ酷愛の日をくちなはとともに泳ぎて

とばすべき鳩を両手でぬくめれば朝焼けてくる自伝の曠野

老婆から老婆へわたす幼な児の脳天ばかり見ゆる麦畑

わかれ来て荒野に向きてかぶりなほす学帽かなしく桜くさし

つばくろが帰り来してふ嘘をつきに隣町までゆくおとうとよ

少年の日はかの森のゆふぐれに赤面恐怖の木を抱きにゆく

牛小舎にいま幻の会議消え青年ら消え陽の炎ゆる藁《わら》

干鱈《ひだら》裂く女を母と呼びながら大正五十四年も暮れむ

家畜たち

母恋し下宿の机の平面を手もて撫すとも疣《いぼ》は……無し

炉の灰にこぼれおちたる花札を箸でひろひて恩讐家族

つひに子を産まざりしかば揺籠に犬飼ひてゐる母のいもうと

「紋付の紋が背中を翔《た》ちあがり蝶となりゆく姉の初七日」

はこべらはいまだに母を避けながらわが合掌の暗闇に咲く

刺青《いれずみ》のごとく家紋がはりつきて青ざめてゐむ彼等の背中

わが息もて花粉どこまでとばすとも青森県を越ゆる由なし

新・病草紙

さはるものにみな毛生ゆる病

ちかごろ男ありけり、風病によりて、さはるものにみな、毛生ゆるなれば、おのれを恥ぢて何ごとにも、あたらず、さはらず。ただ、おのがアパートにこもりて、妻と酒とにのみかかはりあひて暮しゐたり。

男の妻、さはらるるたび毛の丈のびて、深きこと一〇メートルをこえたり。妻、おのが毛の密林よりのがれむとして、その暗黒の体毛のなかに、月照るところをもとめてさまよひしが、つひにはてにけり。男、それを葬《とむら》はむとせしが、棺桶や位牌にも毛の生ゆることをおそれ、無為にすぎたり。

うらがはにひつそりと毛の生えてゐむ柱時計のソプラノの鳩げに、毛とは怖しきものなり。ひそかにわれわれも毛にて統《す》べられゐるべし。時も、歌も。

眼球のうらがへる病

ある女、まなこ裏がへりて、外のこと見えずなりたり。瞠《みは》らむとすればするほどにおのが内のみ見え、胃や腸もあらはなる内臓の暗闇、あはう鳥の啼くこゑのみきこゆ。

女、かなしめども癒えず、剃刀もて眼球をゑぐり出し、もとのやうに表がへさむとすれど、眼球に表なし。耐へがたきまま表なしの眼球を畑に埋めたり。

女、四十にして盲目のままはてしが、畑には花咲かず。ただ、隣人たちのみ、女を世間知らずとして遇せしと伝ふ。

鶏頭の首なしの茎流したる川こそ渡れわが地獄変

大足の病

ひと謂《い》ふあり。坐りてゐるのみにて足ふくるるなり。かまはざれば大足の膨張度かぎりなく、住居に、会社に、足の置場なし。ちかごろ勤め持つ男はみな大足の病を免がれむとして、ただ東奔西走すなり。……（勤め持たざる者は、散髪屋に通ふごとく、大足の鋸挽き屋に通ひゐると謂ふ。）

さはあれど、人誰も、大足病む男に逢ひたることなし。一足百花踏みしだく、花圃の大足も、ただ体制者の教へを信ずるのみ。わが足の幅も並に十文七分となれり。

（小足の男の経営せる、足の鋸挽き屋に通ふは、むしろ小足の老婆に多し。一時に一所のみ通へる「足」を捨てて、一時に数所へあらはれむために足を挽き捨てむためらし。挽き捨てられし足は束ねて、新しき小屋組立の材に用ゐられむ、と推されけり。）

灌木も老婆もつひに挽かざりし古鋸《のこぎり》が挽く花カンナ

時計恐怖症

ちかごろ、自殺はかりたる男、わけを訊きたれば時計おそろしと云ふ。古き柱時計に首縊りたる老母の屍の、風に吹かるる振子におのが日日を刻まるるは、ただ、おぼつかなし。さればひとの決めたる「時」にて、おのが日日を裁断さるるはゆるしがたく、みづから時計にならむとはかりぬ。

地上に円周をゑがきて、その央ばに立ち、日におのが影を生ませてそれを針として、人間時計の芯となりたれば、正確なることこの上なし。連日ただ時を守るのみにて無為に時をすごすことを喜べり。されば男、ふたたび時に遅るることはなかりきと言へり。

死の日よりさかさに時をきざみつつつひに今には到らぬ時計男、鳩のごとく啼くこともなし。

鬼見る病

鬼見る病と云ふあり。ひとりのときに鬼と逢ひ、見られ、ときには嗤《わら》はるるもあり。もとより幻覚にはあらず。鬼、ときには背広を服し、ときには女装し、箪笥のかげ、電気冷蔵庫の中、あらゆるところより出でては、ただ見つめ、嗤へるのみ。何もせざるがゆゑにさらにこはし。

鬼を見たる者、レントゲンにて頭蓋を透視せるに異常なく、ただ鳥のごときかたちせる癒着部分のこれるのみ。ひとみな、鬼をおそれ、みづから鬼になることによりて鬼見る病より免がれむとせり。
されば人みな、ただ見つめ、ただ嗤へるのみにて、大いなる嗤ひの街あらはれたりと云へり。いかにも鬼の敵は、鬼なり。
春の野にしまひ忘れて来し椅子は鬼となるまでわがためのもの
……げに、鬼はいつでも、遅れてくるなり。

室内楽

ある男、溢血《いつけつ》にかかりて性器ふくらむことかぎりなし。この病、人見るたびに血をあたへたきこころやむことなく、風に吹かれて丘に立ち、砂丘に立ち、血のすくなきものに呼びかくるものなり。

男ありて、古邸に貧血の男を囲ひ、食を与へずに飢ゑさせて、ししあまれる太き腿部をさし出して血を吸はせたれば、貧血の男、木菟《みみずく》のごとく目をむきてそれに応じ、たちまち枯葉よみがへるごとく剝製の胸廓生きかへりたり。されど、血を吸はせたる男、色さめることかぎりなくたちまち潮ひくごとく貧血したり。

血を吸ひたる男、それを見て、食を与へず渇かせて、しし恢復したる太腕を与へ、吸ひたる血をふたたび吸ひかへさせてその苦痛をよろこべり。

しだいに楽器のへりゆく室内楽のごとく、同病かたみに蒼ざめながら二人衰へ、ともに老いたるボーイソプラノにて春をうたひつつ、吸はせるべき血ののこりすくなきことを惜しむ病となむつたへける。

首吊り病

ちか頃、縊《くび》りの病といふあり。細紐と見たれば縊りたきこころ、おさへがたきものなり。

水仙の花あれば木にそを縊り、花嫁人形あれば、そを縊る。その患者ゆくところ、縊られざるものはなし。みな、患者のふかきふかき情のあらはれゆゑ、ひとかれを詩人と呼ぶこともあり。

詩人、ことごとく縊りては時の試練をまぬがれむとするらしも、その縊られし木は異形のさまにて黒く立つなり。ときに縛り花の木、ときに縛り人形の木なるはよけれど、またときには首吊りの木となることもあり。木、人間の生《な》る木のごとく、縊られ実りたるひとを風にそよがすさますさまじ。ここに「時」なしと思へるはただ、独断なり。患者、これをもつて表現といふ。げに、表現といふは、おそろしきものなり。

変身

身のちぢむ病といふあり、ある男、朝、棚の上なる石鹼をとらむとして手をのばしたれど、手とどかざるなり。不審に思ひて身の丈、手の長さなどはかりたれば、あきらかに前日よりちぢみゐることに気づく。医師にあひて、この大事訴へたれど、医師あざ笑ふのみ。男、気に病みつつもほどこすべなく、しだいに頭上より高くなりゆく鳥籠の文鳥を見上げつつ、ちぢみ、ちぢみゆくなり。日をふるほどに、男、テーブルの丈にちぢみ、靴の丈《たけ》にちぢみ、桜草の丈にちぢみて、叫ぶこゑさへとどかずなりぬ。

かなしみて詠めるうた。

地球儀の陽のあたらざる裏がはにわれ在り一人青ざめながら

されど身のちぢむ病、男のみのものにあらず、万物のさだめにてありと説く学者曰く「地球のちぢむ速度と、ひとの丈のちぢむ速度の比こそ問はるべし。この比の破れたるときのみ小人、巨人の類あらはるるなり。

ただひとり、いそがむとするもののみ恐怖につかれむ。いざ、ゆつくりとちぢむべし。

地球とともにちぢむべし。これ、天人の摂理にして、すこやかなる掟なり。」

——ちぢみたる男、砂礫《されき》のなかにまじりて「ああ、ひとなみにちぢみ、おくれもせず、いそぎもせざれば、かく恥かくこともなからざりしを」と嘆息せりときこえしが、いかに。

新・餓鬼草紙

花食ひたし、といふ老人の会あり。槐《えんじゆ》、棕櫚、牡丹、浦島草、茨、昼顔などもちよりて思案にくれてゐたり。一の老、鍋に煮て食はむと言へども鍋なし。さればと地球儀を二つに割りて鍋がはりに水をたたへて花を煮たれど、花の色褪めて美食のたのしびうすし。また二の老、焼き花にせむと火の上に串刺しの花をならべて調理するも、花燃えてすぐにかたちなし。されば三の老、蒸し花、煎《い》り花料理をこころみしが、これも趣きなし。花は芍薬、罌粟《けし》、紫蘭、金魚草などみな鮮度よければ、なまのまま食はむと四の老言ひて盛りつけたれど、老、口ひらくことせまく、花を頰ばり、咀嚼すること難し。されば老人らみなしめしめしあはせて、庖丁、鉈、剃刀などにて花を刻みはじめしなり。悲しきは餐、花のむごたらしきかをり甘やかに鼻をつき、すさまじく　きざむ音、なまぐさく唄ふたのしびの　ボーイソプラノ、みな、おにより天の身に近づきてゆく証しならむか。

悲しき自伝

裏町にひとりの餓鬼あり、飢ゑ渇くことかぎりなければ、パンのみにては充たされがたし。胃の底にマンホールのごとき異形の穴ありて、ひたすら飢ゑくるしむ。こころみに、綿、砂なども て底ふたがむとせしが、穴あくまでひろし。おに、穴充たさむため百冊の詩書、工学事典、その他ありとあらゆる書物をくらひ、家具または「家」をのみこむも穴ますます深し。おに、電線をくらひ、土地をくらひ、街をくらひて影のごとく立ちあがるも空腹感、ますます限りなし。おに、みづからの胃の穴に首さしいれて深さはからむとすれば、はるか天に銀河見え、ただ縹渺《ひょうびょう》とさびしき風吹けるばかり。もはや、くらふべきものなきほど、はてしなき穴なり。

言葉餓鬼

無才なるおにあり、名づくる名なし、かたちみにくく大いなる耳と剝きだしの目をもちたり。このおに、ひとの詩あまた食らひて、くちのなか歯くそ、のんどにつまるものみな言葉、言葉、言葉―ひとの詩句の咀嚼かなはぬものばかりなり。

ひとの言葉に息つまることの苦しさ、医師に訴ふるに医師、一羽の百舌鳥《もず》をあてがふ。百舌鳥は、あはれみのこころ知る鳥なれば、おにのあけたるくち、のんどの奥ふかくとびめぐりつつこびりつきしひとの言葉を啄《ついば》み、またのみこみ、おにの苦患をすくひたり。

さればおに、さはやかに戻れども、ひとの詩をふふみ、消化せし百舌鳥、大空に酔へることかぎりなく、つひに峡谷ゆさかさに堕ちて果てたり。あはれ、詩を解すものすこやかならず、ただ無才なるおにのみ栄えつつ、嗤《わら》へりき。

母恋餓鬼

鬼あり、母と名づく、髪なかばしろく、おもてになみだふたがりて子を見ることあたはず。裏町のアパートに棲みて、老後やけつく渇きにくるしみつつ、子のための冬着縫ひ、子守唄をとなふ。この鬼、ときとして飢渇の火、みのうちをやくたへがたさに　水をもとめて階段をおりゆくことあり。鬼の子、息子といへるもの、水を守りてゐしが、鬼来たるを知りて洗面器にあふるる水をもちて、夜の闇へ逃ぐるなれば、鬼、水をもとめて、子を逐《お》ひ擲《う》たむばかりにはしりまどふ。そのさまは、さながら走る火鬼、ふりみだしたる髪も、追へる大股も子には及ばず。つひにあきらめて、水をもち去りしわが子の、あしあとのしたたりをねぶりていのちを生く。そのねぶる舌の音、かなしきまでに高架線路をへだてたる他のアパートにとどくなり。その子二十歳、しみじみと洗面器の水におのが顔をうつし見てゐしが　やがてそれを　捨つるなり。

天体の理想

をんなおにあり、つれづれなる夜のすさびに一電球をくらへば、すべすべとまこと味よきなり。このこと秘めおかむと誓ひて、あさ、臥所《ふしど》を出むとせるとき、おのれ灯れることに気づく。おに、あわてて羽織で身をおほひたれど、電光ほのぼのと洩れ出でて、はづかしきこと限りなし。ことに、夜はあかるし。おに、しみじみと見つめたれば、電球ははらのうちにさだまりて、おにの顔を照らし、罪をとがむるがごときなり。さればおに、家の電源を断ち、配電経路を損ねむとすれども灯はさらにあかるし。あはれ、おに自ら灯りつつ狂ひて、縊れ死にたり。

——死後、天に一灯ともり、一星ふえたることもゆゑなきにはあらざるなり。（星みな、罪ふかきおにの、輝ける空の生贄なり、こころみに、一罪をかしたるとき空をあふぎ見よ。かならず一星ふえて満天たのしむごとくあるなり。）

跋

これは、私の「記録」である。

自分の原体験を、立ちどまって反芻してみることで、私が一体どこから来て、どこへ行こうとしているのかを考えてみることは意味のないことではなかったと思う。

もしかしたら、私は憎むほど故郷を愛していたのかも知れない。

私は少年時代にロートレアモン伯爵の書を世界で一ばん美しい自叙伝だと思っていた。

そして、私版「マルドロールの歌」をいつか書いてみたいと思っていた。

この歌集におさめた歌がそれだとは言わないが、その影響が少し位はあるかも知れない。

私の将来の志願は権力家でも小市民でもなかった。映画スタアでも運動家でも、職業作家でもなかった。

地球儀を見ながら私は「偉大な思想などにはならなくともいいから、偉大な質問になりたい」と思っていたのである。

これは言わば私の質問の書である。

こんど歌集をまとめながら、しみじみと思ったことは、ひどく素朴な感想だが、短歌は孤独な文学だ、ということである。

だが、私が他人にも伝統にもとらわれすぎず、自分の内的生活を志向できる強い（ユリシーズのような）精神を保とうと思ったら、この孤独さを大切にしなければいけない、と考えないわけにはいかないのだ。これは、『空には本』『血と麦』につづく私の三冊目の歌集である。

作品の半分以上は、この歌集のために書下ろしたものである。今後も書下ろし作品で歌集を出してゆきたいというのが私の考えである。

一九六五年七月

初期歌篇

——一九五七年以前　高校生時代

燃ゆる頬

森番

森駈けてきてほてりたるわが頰をうずめんとするに紫陽花くらし

とびやすき葡萄の汁で汚すなかれ虐げられし少年の詩を

わが通る果樹園の小屋いつも暗く父と呼びたき番人が棲む

海を知らぬ少女の前に麦藁帽のわれは両手をひろげていたり

果樹園のなかに明日あり木柵に胸いたきまで押しつけて画く

蝶追いきし上級生の寝室にしばらく立てり陽の匂いして

わが鼻を照らす高さに兵たりし亡父の流灯かかげてゆけり

そら豆の殻一せいに鳴る夕母《ゆうべ》につながるわれのソネット

耳大きな一兵卒の亡き父よ春の怒濤を聞きすましいん

夏川に木皿しずめて洗いいし少女はすでにわが内に棲む

草の穂を嚙みつつ帰る田舎出の少年の知恵は容れられざりし

吊されて玉葱芽ぐむ納屋ふかくツルゲエネフをはじめて読みき

胸病みて小鳥のごとき恋を欲《ほ》る理科学生とこの頃したし

秋菜漬ける母のうしろの暗がりにハイネ売りきし手を垂れており

列車にて遠く見ている向日葵は少年のふる帽子のごとし

草の笛吹くを切なく聞きており告白以前の愛とは何ぞ

ペタル踏んで花大根の畑の道同人雑誌を配りにゆかん

煙草くさき国語教師が言うときに明日という語は最もかなし

黒土を蹴って駈けりしラグビー群のひとりのためにシャツを編む母

夏帽のへこみやすきを膝にのせてわが放浪はバスになじみき

蛮声をあげて九月の森に入れりハイネのために学をあざむき

ころがりしカンカン帽を追うごとくふるさとの道駈けて帰らん

五月なりラッキョウ鳴らし食うときも教師とならん友を蔑む

知恵のみがもたらせる詩を書きためて暖かきかな林檎の空箱

ふるさとの訛りなくせし友といてモカ珈琲はかくまでにがし

かぶと虫の糸張るつかのまよみがえる父の瞼は二重なりしや

ふるさとにわれを拒まんものなきはむしろさみしく桜の実照る

倖せをわかつごとくに握りいし南京豆を少女にあたう

海の休暇

雲雀の血すこしにじみしわがシャツに時経てもなおさみしき凱歌

ラグビーの頰傷は野で癒ゆるべし自由をすでに怖じぬわれらに

傷つきてわれらの夏も過ぎゆけり帆はかがやきていま樹間過ぐ

灯台に風吹き雲は時追えりあこがれきしはこの海ならず

日あたりて遠く蟬とる少年が駈けおりわれは何を忘れし

わが空を裂きゆく小鳥手をあげて時とどめんか新芽の朝は

またしても過ぎ去る春よ乱暴に上級生のシャツ干す空を

歳月がわれ呼ぶ声にふりむけば地を恋う雲雀はるかに高し

軒の巣はまるく暮れゆく少年と忘れし夏を待つかたちして

蝶とまる木の墓をわが背丈越ゆ父の思想も超えつつあらん

日あたりて雲雀の巣藁《すわら》こぼれおり駈けぬけすぎしわが少年期

川舟の少年われが吐き捨てし葡萄の種子のごとき昨日よ

今日生れ今日とぶ春の雲の下かく癒えしわれ山を見ており

わが夏をあこがれのみが駈け去れり麦藁帽子被りて眠る

カナリアに逃げられし籠昏れのこれりわが誕生日うつむきやすく

亡き父にかくて似てゆくわれならんか燕来る日も髭剃りながら

夏シャツに草絮《くさわた》つけしまま帰るわれに敗者の魅力はなきか

少年のわが夏逝けりあこがれしゆえに怖れし海を見ぬまに

記憶する生

胸病めばわが谷緑ふかからんスケッチブック閉じて眠れど

すぐ軋む木のわがベッドあおむけに記憶を生かす鰯雲あり

明日生れるメダカも雲もわがものと呼ぶべし洗面器を覗きいて

遠き帆とわれとつなぎて吹く風に孤りを誇りいし少年時

かなかなの空の祖国のため死にし友継ぐべしやわれらの明日は

雉子の声やめば林の雨明るし幸福はいますぐ摑まねば

やがて海へ出る夏の川あかるくてわれは映されながら沿いゆく

山を見るわれと鋤ふる少年とつなぎて春の新しき土

罐に飼うメダカに日ざしさしながら田舎教師の友は留守なり

わがあげし名もなき凱歌雪どけの川ながれつつ玉葱芽ぐむ

わが影のなかに蒔きゆくにんじんの親しき種子は地をみつめおり

ドンコザックの合唱は花ふるごとし鍬はしずかに大きく振らん

人間嫌いの春のめだかをすいすいと統《す》べいるものに吾もまかれん

街の麦青みつつあり縦に拭くガラス戸越しに明日たしかなり

声のなき斧おかれありそのあたりよりとびとびに青みゆく麦

怒るときひかる蜥蜴の子は羨しわが詩は風に捨てられゆくも

季節が僕を連れ去ったあとに

僕の傷みがあつまって、日ざしのなかで小さな眠りになる夏のために。

失いし言葉かえさん青空のつめたき小鳥撃ちおとすごと

帆やランプ小鳥それらの滅びたる月日が貧しきわれを生かしむ

遠ざかる記憶のなかに花びらのようなる街と日日はささやく

失いし言葉がみんな生きるとき夕焼けており種子も破片も

膝まげて少年眠る暗き廈《いえ》がわが内にありランプ磨けば

空のない窓が記憶のなかにありて小鳥とすぎし日のみ恋おしむ

萱草に日ざしささやく午後のわれ病みおり翼なき歌かきて

漂いてゆくときにみなわれを呼ぶ空の魚と言葉と風と

遠い空に何かを忘れて来しわれが雲雀の卵地にみつめおり

わが内にわれにひとりの街があり夏蝶ひとつ忘られ翔《か》くる

わが胸を夏蝶ひとつ抜けゆくは言葉のごとし失いし日の

海よその青さのかぎりなきなかになにか失くせしままわれ育つ

空のなかにたおれいるわれをめぐりつつ川のごとくにうたう日日たち

たれかをよぶわが声やさしあお空をながるる川となりゆきながら

駈けてきてふいにとまればわれをこえてゆく風たちの時を呼ぶこえ

夏美の歌

空の種子

君のため一つの声とわれならん失いし日を歌わんために

空にまく種子選ばんと抱きつつ夏美のなかにわが入りゆく

わが寝台樫の木よりもたかくとべ夏美のなかにわが帰る夜を

夜にいりし他人の空にいくつかの星の歌かきわれら眠らん

空のない窓が夏美のなかにあり小鳥のごとくわれを飛ばしむ

遅れてくる夏美の月日待ちており木の寝台に星あふれしめ

木や草の言葉でわれら愛すときズボンに木洩れ日がたまりおり

青空に谺《こだま》の上にわれら書かんすべての明日に否と書かんと

滅びつつ秋の地平に照る雲よ涙は愛のためにのみあり

パン焦げるまでのみじかきわが夢は夏美と夜のヨットを馳らす

野の誓いなくともわれら歌いゆけば胸から胸へ草の実はとぶ

木がうたう木の歌みちし夜の野に夏美が蒔きし種子を見にゆく

木や草のうた

空撃ってきし猟銃を拭きながら夏美にいかに渇きを告げん

愛すとき夏美がスケッチしてきたる小麦の緑みな声を喚ぐ

朝のひばり

太陽のなかに蒔きゆく種子のごとくしずかにわれら頰燃ゆるとき

藁《わら》の匂いのする黒髪に頰よせてわれら眠らん山羊寝しあとに

肩よせて朝の地平に湧きあがる小鳥見ており納屋の戸口より

帆やランプなどが生かしむやわらかき日ざしのなかの夏美との朝

青空のどこの港へ着くとなく声は夏美を呼ぶ歌となる

野兎とパン屑に日ざしあふれしめ夏美を抱けりベッドの前に

麦藁帽子を野に忘れきし夏美ゆえ平らに胸に手をのせ眠る

かすかなる耳鳴りやまず砂丘にて夏美と遠き帆を見ておれば

どのように窓ひらくともわが内に空を失くせし夏美が眠る

青空より破片あつめてきしごとき愛語を言えりわれに抱かれて

空を呼ぶ夏美のこだまわが胸を過ぎゆくときの生を記憶す

十五才

理科室に蝶とじこめてきて眠る空を世界の恋人として

わがカヌーさみしからずや幾たびも他人の夢を川ぎしとして

空をわが叔母と呼ぶべし戦いに小鳥のように傷つきしのみ

青空と同じ秤で量るゆえ希望はわかしそら豆よりも

地下水道いまは一羽の小鳥の屍《かばね》漂いていんわが血とともに

「囚われしぼくの雲雀よかつて街に空ありし日の羽音きかせよ」

空を大きな甕のごとくに乗せてくる父よ何もて充たさんつもり

君たちの呼びあう声の川ぎしにズボンをめくりあげてわれあり

死者たちのソネットならん空のため一本の樹の髪そよげるは

しずかなる車輪の音す目つむりて勝利のごとき空を聴くとき

ひまわりの見えざる傷のふかくとも時はあてなし帆船のごとく

一本の樫の木やさしそのなかに血は立ったまま眠れるものを

空を逐われし鳥・時・けものあつまりて方舟《はこぶね》めけりわが玩具箱

漕ぎ出でて空のランプを消してゆく母ありきわが誕生以前

空駈けるカヌーとなれと削りいし樫の木逞し愛なきわれに
青空はわがアルコールあおむけにわが選ぶ日日わが捨てる夢
この土地のここにそら豆蒔くごとくわれら領せり自由の歌を
海のない帆掛船ありわが内にわれの不在の銅鑼鳴りつづく
わが埋めし種子一粒も眠りいん遠き内部にけむる夕焼

大いなる夏のバケツにうかべくるわがアメリカと蝶ほどの夢

わが耳のなかに小鳥を眠らしめ呼ばんか遠き時の地平を

実らざる鳥の巣ひとつ内にもつ少年にして跛をひけり

わが知らぬ他人の夢ら樹のなかに立ちて眠りていん林ゆく

たそがれの空は希望のいれものぞ外套とビスケットを投げあげて

屠りたる野兎ユダの血の染みし壁ありどこを向き眠るとも

半島語すこし吃れる君のため焙られながら反りゆく鰺よ

一枚の羽根を帽子に挿せるのみ田舎教師は飛ばない男

水草の息づくなかにわが捨てし言葉は少年が見出ださむ

空は本それをめくらんためにのみ雲雀もにがき心を通る

楡の木のほら穴暗し空が流す古き血をいれわが明日をいれ

とぶ鳥も少年も土一塊より生れたる日へ趨《はし》らんとする

飛べぬゆえいつも両手をひろげ眠る自転車修理工の少年

小鳥屋の一籠ずつにこもりいる時の単位にわれを失えり

わが空を売って小さく獲し希望蛙のごとく汗ばみやすし

わが領土ここよりと決む抱きあえばママンのなかの小麦はみどり

子鼠とわれを誕生せしめたる一塊の土洪水以後の

わが内に獣の眠り落ちしあとも太陽はあり頭蓋をぬけて

樅の木のなかにひっそりある祭知らず過ぐるのみ彼等の今日も

空には本

——一九五八年

チエホフ祭

青い種子は太陽のなかにある　ジュリアン・ソレル

一粒の向日葵の種まきしのみに荒野をわれの処女地と呼びき

桃いれし籠に頰髭おしつけてチエホフの日の電車に揺らる

チエホフ祭のビラのはられし林檎の木かすかに揺るる汽車過ぐるたび

莨火《たばこ》を床に踏み消して立ちあがるチエホフ祭の若き俳優

おのが胸照らされながら小さな火チエホフの夜のコンロに入れぬ

日あたりて貧しきドアぞこつこつと復活祭の卵を打つは

桃うかぶ暗き桶水替うるときの還らぬ父につながる想い

かわきたる桶に肥料を満たすとき黒人悲歌は大地に沈む

音立てて墓穴ふかく父の棺下ろさるる時父目覚めずや

向日葵は枯れつつ花を捧げおり父の墓標はわれより低し

鵙《もず》の巣を日が洩れておりわれすでに怖れてありし家欲《ほ》りはじむ

いますぐに愛欲しおりにんじんとわれの脛毛を北風吹けば

桃太る夜はひそかな小市民の怒りをこめしわが無名の詩

さむき土の中にて種子のふくらむ頃別れき革命などを誓いて

啄木祭のビラ貼りに来し女子大生の古きベレーに黒髪あまる

包みくれし古き戦争映画のビラにあまりて鯖の頭が青し

叔母はわが人生の脇役ならん手のハンカチに夏陽たまれる

蟇の子の跳躍いとおしむごとし田舎教師にきまりし友は

山小舎のラジオの黒人悲歌聞けり大杉にわが斧打ち入れて

言い負けて風の又三郎たらん希いをもてり海青き日は

この家も誰かが道化者ならん高き塀より越えでし揚羽

むせぶごとく萌ゆる雑木の林にて友よ多喜二の詩を口ずさめ

父の遺産のたった一つのランプにて冬蠅とまれりわが頰の上

少年工のあるいは黒き採油機の怒りあつまり向日葵咲けり

バラックのラジオの黒人悲歌のしらべ広がるかぎり麦青みゆく

作文に「父を還せ」と綴りたる鮮人の子は馬鈴薯が好き

鉄屑をつらぬき芽ぐむポプラの木歌よ女工のなかにも生れよ

冬の斧

俺は酔払ってるんじゃない、ただ「味わっている」のだ。
ドストエフスキー

父の遺産のなかに数えん夕焼はさむざむとどの畦よりも見ゆ

田の中の濁流はやし捨てにきし詩の紙屑をしばらく惜しむ

路地さむき一ふりの斧またぎとびわれにふたたび今日がはじまる

ゆくかぎり枯野とくもる空ばかり一匹の蠅もし失わば

銃声をききたくてきし寒林のその一本に尿《ゆ》まりて帰る

外套のままのひる寝にあらわれて父よりほかの霊と思えず

冬の斧たてかけてある壁にさし陽は強まれり家継ぐべしや

勝つことを怖るるわれか夕焼けし大地の蟻をまたぎ帰れば

外套を着れば失うなにかあり豆煮る灯などに照らされてゆく

さむきわが望遠鏡がとらえたる鳶遠ければかすかなる飢え

だれも見ては黙って過ぎきさむき田に抜きのこされし杭一本を

鶏屠りきしジャンパーを吊したる壁に足向けひとり眠れり

冬鵙の叫喚ははげし椅子さむく故郷喪失していしわれに

硝煙を嗅ぎつつ帰るむなしさにさむき青空撃ちたるあとは

父葬りてひとり帰れりびしょ濡れのわれの帽子と雨の雲雀と

めつむりていても濁流はやかりき食えざる詩すらまとまらざれば

嘘まとめつつ来し冬田のほそき畦ふいに巨《おお》きな牛にふさがる

胸冷えてくもる冬沼のぞきおり何に渇きてここまで来しや

冬の欅勝利のごとく立ちていん酔いて歌いてわが去りしのち

だれの悪霊なりや吊られし外套の前すぐるときいきなりさむし

北へはしる鉄路に立てば胸いづるトロイカもすぐわれを捨てゆく

直角な空

朝の渚より拾いきし流木を削りておりぬ愛に渇けば

直角に地にスコップを突き立てて穴掘る男を明日は見ざらん

赤き肉吊せし冬のガラス戸に葬列の一人としてわれうつる

外套のまま墓石を抱きおこす枯野の男かかわりもなし

地下室の樽に煙草をこすり消し祖国の歌も信じがたかり

にんじんの種子庭に蒔くそれのみの牧師のしあわせ見てしまいたる

地下室にころげて芽ぐむ馬鈴薯と韓人の同志をそれきり訪わず

わが窓にかならず断崖さむく青し故郷喪失しつつ叫べず

外套の酔いて革命誓いてし人の名知らず海霧ふかし

さむきわが射程のなかにさだまりし屋根の雀は母かもしれぬ

冬怒濤汲まれてしずかなる水におのが胸もとうつされてゆく

冬菜屑うかべし川にうつさるるわれに敗者の微笑はありや

胸の上這わしむ蟹のざらざらに目をつむりおり愛に渇けば

かわきたる田螺《たにし》蹴とばしゆく人たち愚痴を主張になし得ぬままに

頬つけて玻璃戸《はりど》にさむき空ばかり一羽の鷹をもし見失わば

わが野性たとえば木椅子きしませて牧師の一句たやすく奪う

旗となるわが明日なれよ芽ぐむ木にかがみて靴をみがきいるとも

冬の斧日なたにころげある前に手を垂るるわれ勝利者ならず

うしろ手で扉をしめながら大いなる嚔《くさめ》一つしぬ言い負け来しか

冬怒濤汲みきてしずかなる桶にうつされ帰るただの一漁夫

田の中の電柱灯る頃帰る彼も酔いおり言い負けてきて

すでに暮れし渓流よりの水にしずめ俘虜の日よりの軍靴を洗う

われの神なるやも知れぬ冬の鳩を撃ちて硝煙あげつつ帰る

轢かれたる犬よりとびだせる蚤にコンクリートの冬ひろがれり

ひとり酔えば軍歌も悲歌にかぞうべし断崖に町の灯らよろめきて

町の空つらぬき天の川太し名もなき怒りいかにうたえど

浮浪児

口あけて孤児は眠れり黒パンの屑ちらかりている明るさに

地下道のひかりあつめて浮浪児が帽子につつみ来し小雀よ

広場さむしクリスマスツリーで浮浪児とその姉が背をくらべていたり

浮浪児が大根抜きし穴ならむ明るくふかく陽があつまれる

われの明日小鳥となるな孤児の瞳にさむき夕焼燃えている間は

にんじんの種子吹きはこぶ風にして孤児と夕陽とわれをつなげり

わがシャツを干さん高さの向日葵は明日ひらくべし明日を信ぜん

孤児とその抱きし小鳩の目のなかに冬の朝焼け燃えおわるとき

熱い茎

夏蝶の屍《かばね》をひきてゆく蟻一匹どこまでゆけどわが影を出ず

跳躍の選手高飛ぶつかのまを炎天の影いきなりさみし

鯖一尾《いちび》さかさに提げて帰りゆく教師をしずかなる窓が待つ

小市民のしあわせなどを遠くわれが見ており菜屑うかべし河口

誰か死ねり口笛吹いて炎天の街をころがしゆく樽一つ

枯れながら向日葵立てり声のなき凱歌を遠き日がかえらしむ

向日葵の顔いっぱいの種子かわき地平に逃げてゆく男あり

群衆のなかに故郷を捨ててきしわれを夕陽のさす壁が待つ

火を焚きてわが怒りをばなぐさめぬ大地を鳥の影過ぎてゆき

農家族がらくた荷積みうつりゆけり田に首垂れて向日葵祈る

下向きの髭もつ農夫通るたび「神」と思えりかかわりもなし

羽蟻とぶ高さに街は暮れはじむ離れ憩わん血縁なきか

「雲の幅に暮れ行く土地よ誰のためわれに不毛の詩は生るるや」

目つむりて春の雪崩をききいしがやがてふたたび墓掘りはじむ

混血の子ゆえ勝ちてもさみしさに穂草の熱き茎嚙みてゆく

寝ころべば怒濤もっとも身にせまる屋根裏にいて詩を力とす

ノラならぬ女工の手にて嚙みあいし春の歯車の大いなる声

俘虜の日の歩幅たもちし彼ならん青麦踏むをしずかにはやく

群衆の時すぎたれば広場にさす夕焼にわれの影と破片と

テーブルの金魚しずかに退るなり女を抱きてきてすぐ渇く

少年

サ・セ・パリも悲歌にかぞえん酔いどれの少年と一つのマントのなかに

わが内の少年かえらざる夜を秋菜煮ており頰をよごして

わけもなく海を厭《いと》える少年と実験室にいるをさびしむ

縦長き冬の玻璃戸にゆがみつつついに信ぜず少年は去る

ねむりてもわが内に棲む森番の少年と古きレコード一枚

木菟《みみずく》の声きこゆる小さき図書館に耳きよらなる少年を待つ

さむき地を蚤とべりわれを信じつつ帰る少年とわれとの間

祖国喪失

七月の蝿よりもおびただしく燃えてゆく破片。
「中国！」と峯は気恥かしい片想ひで立ちすくん
でゐた。

武田泰淳

壱

マッチ擦るつかのま海に霧ふかし身捨つるほどの祖国はありや

鼠の死蹴とばしてきし靴先を冬の群衆のなかにまぎれしむ

鷗とぶ汚れた空の下の街ビラを幾枚貼るとも貧し

すこし血のにじみし壁のアジア地図もわれらも揺らる汽車通るたび

寝にもどるのみのわが部屋生くる蠅つけて蠅取紙ぶらさがる

群衆のなかに昨日を失いし青年が夜の蟻を見ており

地下室に樽ころがれり革命を語りし彼は冬も帰らず

外套のままかがまりて浜の焚火見ており彼も遁れてきしか

非力なりし諷刺漫画の夕刊に尿《ゆ》まりて去りき港の男

コンクリートの舗道に破裂せる鼠見て過ぐさむく何か急ぎて

何撃ちてきし銃なるとも硝煙を嗅ぎつつ帰る男をねたむ

一本の骨をかくしにゆく犬のうしろよりわれ枯草をゆく

弐

勝ちながら冬のマラソン一人ゆく町の真上の日曇りおり

マラソンの最後の一人うつしたるあとの玻璃戸に冬田しずまる

党員の彼の冬帽大きすぎぬ飯粒ひとつ乾からびつけて

壁へだて棲む韓人に飼われたる犬が寒夜の水をのむ音

一団の彼等が唱うトロイカは冬田の風となり杭となる

わが影を出てゆくパンの蠅一匹すぐに冬木の影にかこまる

小走りにガードを抜けてきし靴をビラもて拭う夜の女は

冬蠅のとまる足うら向けて眠るたやすく革命信ぜし男

日がさせば籾殻が浮く桶水に何人目かの女工の洗髪

蠅叩き舐めいる冬の蠅一匹なぐさめられて酔いて帰れば

その思想なぜに主義とは為さざるや酔いたる脛に蚊を打ちおとし

復員服の飴屋が通る頃ならんふくらみながら豆煮えはじむ

僕のノオト

「われわれは、古くなり酸敗したのではない。ゼロから出発するのだ。われわれは廃墟の中で生れた。しかし崩れ去った周囲の建物は、われわれに属していたわけではない。生れた時すでに黄金は瓦石に変っていたのである。」P・V・D・ボッシュが『われら不條理の子』のなかでそう自分に呼びかけているように、僕もまた戦争が終ったときに十歳だった者のひとりである。

僕たちが自分の周囲になにか新しいものを求めようとしたとしても一体何が僕たちに残されていただろうか。

見わたすかぎり、そこここには「あまりに多くのものが死に絶えて」しまっていて、僕らの友人たちは手あたりしだいに拾っては、これではない、これは僕のもとめていたものではない、と芽ぐみはじめた森のなかを猟りあっていた。

しかし新しいものがありすぎる以上、捨てられた瓦石がありすぎる以上、僕もまた「今少しばかりのこっているものを」粗末にすることができなかった。のびすぎた僕の身長がシャツのなかへかくれたがるように、若さが僕に様式という枷を必要とした。

　定型詩はこうして僕のなかのドアをノックしたのである。

　縄目なしには自由の恩恵はわかりがたいように、定型という枷が僕に言語の自由をもたらした。僕が俳句のなかに十代の日日の大半を賭けたことは、今かえりみてなつかしい微笑のように思われる。

　僕が仲間と高校に俳句会をつくったときには言葉の美しさが僕の思想をよろこばすような仕方でしかなかった。「青い森」グループは六日おきにあつまっては作品の交換とデスカッションを行い、プリントした会誌を配っていたのである。老人の玩具から、不条理な小市民たちの信仰にかわりつつあった俳句に若さの権利を主張した僕らは一九五三年に『牧羊神』を（全国の十代の俳句作者をあつめて）創刊し、僕と京武久美がその編集にあたった。この運動は十号でもって第一次を終刊として僕らは俳句とははなれたが第二次、第三次の『牧羊神』をはじめ、『青年俳句』『黒鳥』『涙痕』『荒土地帯』その他となって今も俳句運動はひきつがれている。

　短歌をはじめてからの僕は、このジャンルを小市民の信仰的な日常の呟きから、もっと社会性をもつ文学表現にしたいと思いたった。作意の回復と様式の再認識が必要なのだ。僕はどんなイデオロギーのためにも「役立つ短歌」は作るまいと思った。われわれに興味があるのは思想ではなくて思想をもった人間なのであるから。

また作意をもった人たちがたやすく定型を捨てたがることにも自分をいましめた。

この定型詩にあっては本質としては三十一音の様式があるにすぎない。様式はいわゆるウェイドレーの「天才の個人的創造でもなく、多数の合成的努力の最後の結果でもない、それはある深いひとつの共同性、諸々の魂のある永続なひとつの同胞性の外面的な現われにほかならないから」である。

しかしそれよりも何の作意をもたない人たちをはげしく侮蔑した。ただ冗慢に自己を語りたがることへのはげしいさげすみが、僕に意固地な位に告白癖を戒めさせた。「私」性文学の短歌にとっては無私に近づくほど多くの読者の自発性になりうるからである。

ロマンとしての短歌、歌われるものとしての短歌の二様な方法で僕はつくりつづけてきた。そしてこれからあとの新しい方法としてこの二つのものの和合による、短歌で構成した交声曲などを考えているのである。

一九五八年五月

血と麦

——一九六一年

砒素とブルース

壱　彼の場合

刑務所の消灯時間遠く見て一本の根を抜き終るなり

階段の掃除終えきし少年に河は語れり　遠きアメリカ

地下水道をいま通りゆく暗き水のなかにまぎれて叫ぶ種子あり

非常口の日だまりにいる猫に見られかなしき顔を剃り終りたり

きみのいる刑務所の塀に自転車を横向きにしてすこし憩えり

牛乳の空瓶舐めている猫とひとりのわれと何奪りあわん

玻璃《はり》越しに遠い蹴球終り去りアパートのガス焰となれり

きみのいる刑務所とわがアパートを地中でつなぐ古きガス管

弐　肉について

父となるわが肉緊まれ生きている蠅ごと燃えてゆく蠅取紙

北方に語りおよべば眼の澄めるきみのガソリンくさき貯金通帳

ウィスキイの瓶を鉄路に叩きつけ夜を逢いにゆく一人もあらず

生命保険証書と二、三の株券をわれに遺せし父の豚め

罐切りにつきしきみの血さかさまに吊されており乾からびながら

一匹の猫を閉じこめきしゆえに眠れど曇る公衆便所

潰されて便器声あげいん夜かマタイ伝読みつつかわきおり

馬鈴薯がくさり芽ぶける倉庫を出づ夢はかならず実現範囲

麻薬中毒重婚浮浪不法所持サイコロ賭博われのブルース

さらば夏の光よ、祖国朝鮮よ、屋根にのぼりても海見えず

参　Soul, Soul, Soul.

陽あたりてガソリンスタンド遠く眠る情事に思いおよばざりしに

五円玉のブルースもあれ陽あたりの空罐の傷足で撫でつつ

罐切りにひからびし血よ老年とならばブルースよりも眠りを

黒人に生れざるゆえあこがれき野生の汽罐車、オリーブ、河など

軍隊毛布にひからびし唾のあと著しそのほか愛のかたみ残さず

ここをのがれてどこへゆかんか夜の鉄路血管のごとく熱き一刻

壁越しのブルースは訛りつよけれど洗面器に湯をそそぎつつ和す

流産をしたるわが猫ステッフィに海を見せたし童貞の日の

トラックの運転手が去り猫が去り日なたにドラム罐残されたり

ピーナッツをさみしき馬に食わせつついかなる明日も貯えはせず

欲望は地下鉄音とともにわが血をつらぬきてすぐ醒むるのみ

老犬の血のなかにさえアフリカは目ざめつつありおはよう、母よ

そのなかの弾痕のある一本の樹を愛すゆえ寒林通る

一枚の葉書出さんとトラックで来し黒人も河を見ており

日あたりし非常口にて一本の釘を拾いぬ誰にも言わじ

刑務所にあこがれし日は瘤のあるにんじんばかり選びて煮たる

波止場まで嘔吐せしもの捨てにきてその洗面器しばらく見つむ

まっくらな海に電球うかびおりわが欲望の時充ちがたき

剃刀をとぐ古き皮熱もてり強制収容所を母知らず

砂に書きし朝鮮哀歌春の波が消し終るまで見つめていたり

大声で叫ぶ名が欲し地下鉄の壁に触れきしシャツ汚れつつ

地下鉄の汚れし壁に書かれ古《ふ》り傷のごとくに忘られ、自由

血と麦

壱

狂熱の踊りはならず祖父の死後帰郷して大麦入りのスープ

アスファルトにめりこみし大きな靴型よ鉄道死して父亡きあととも

砂糖きびの殻焼くことも欲望のなかに数えんさびしき朝は

自らを瀆さんときて藁《わら》の上の二十日鼠をしばらく見つむ

たけくらべさみしからずやコンクリートの血痕をすでに越えしわが胸

死ぬならば真夏の波止場あおむけにわが血怒濤となりゆく空に

セールスマンの父と背広を買いにきてややためらいて鷗見ており

墓買いにゆくと市電に揺られつつだれかの籠に桃匂いおり

馬鈴薯が煮えて陽あたる裏町の〈家〉よりきみよ醒めて歌え

雷鳴に白シャツの胸ひろげ浴《あ》ぶ無瑕《むきず》の愛をむしろ恥じつつ

トラクターに絡む雑草きみのため土地欲し歩幅十歩たりとも

農場経営に想いおよべばいつも来るシャツのボタンのなき父の霊

ドラム罐唸り立つ夜の工場街泣けとごとくにわれを統《す》べつつ

刑務所にトラックで運びこまれたる狂熱以前のひまわりの根

センチメンタル・ジャニイと言わん雨けむる小麦畑におのれ濆れて

運転手移民刑務所皿洗い鉄道人夫われらの理由

血と麦がわれらの理由工場にて負いたる傷を野に癒しつつ

藁の上に孤り諳《そら》んじいし歌は中国語「自由をわれらに」なりき

ダイナモの唸る機械に奪われて山河は青し睡りのなかに

家族手帖にはさまれつぶれ一粒の麦ありきわれを糺《ただ》すごとくに

ドラム罐に顎のせて見るわが町の地平はいつも塵芥吹くぞ

パン竈にふくらむパンを片隅の愛の理由として堕ちゆけり

暗黒に泛《う》かぶガソリンスタンドよ欲望は遠く母にもおよび

二十日鼠の一〇メートルほどの自由もつけだものくさき目と親しめり

さむき川をセールスマンの父泳ぐその頭いつまでも潜ることなし

弐

牛乳を匙ですくいて飲み病めば船は遠くを出てゆきにけり

うたのことば字にかくこともどかしく波消し去れりわが祝婚歌

にがきにがき朝の煙草を喫うときにこころ掠める鷗の翼

鉄道が大きな境われとわが山羊と駈けいし青春の日の

灯台にゆきてかえらぬわが心遠き鷗を見て耕せり

老年物語

すでに亡き父への葉書一枚もち冬田を越えて来し郵便夫

墓買いに来し冬の町新しきわれの帽子を映す玻璃《はり》あり

ある日わが欺きおえし神父のため一本の葱抜けば青しも

わが売りしブリキの十字架兄の胸に揺れつつあらん汗ばみながら

悪霊となりたる父の来ん夜か馬鈴薯くさりつつ芽ぐむ冬

なまぐさき血縁絶たん日あたりにさかさに立ててある冬の斧

くらやみに漬樽唸る子守唄誰かうたえよ声をかぎりに

さかさまに吊りしズボンが曇天の襞きざみおりわれの老年

つきささる寒の三日月わが詩もて慰む母を一人持つのみ

北の壁に一枚の肖像かけており彼の血をみな頒《わか》ちつつ老ゆ

「荒野よりわれ呼ぶ者」も諦めん炉に音たてて燃ゆる榾《ほだ》の火

田螺《たにし》嚙み砕きてさむき老犬とだれを迎えに来し道程ぞ

老犬が一本の骨かくしきし隣人の土地ひからびし葦

無名にて死なば星らにまぎれんか輝く空の生贄として

わが内に越境者一人育てつつ鍋洗いおり冬田に向きて

濁流に吸殻捨ててしばらくを奪われていき……にくめ、ハレルヤ！

遠き土地あこがれやまぬ老犬として死にたりき星寒かりき

酒臭き息もて何を歌うとも老犬埋めし地のつづきなり

酔えばわが頭のなかに鴉生るわれのある日を企むごとく

電線はみなわが胸をつらぬきて冬田へゆけり祈りのあとを

死して鼠軽くなりしやわが土地の真上に冬の日輪あり

ひわれたる冬田見て過ぐ長男として血のほかに何遺されし

雪にふかき水道管もてつながれり死者をいつまで愛さん家と

蟇の子もスメルジャコフも歌いいん雪が奢《おご》ればみな悲歌なるを

橋桁にぶつかる夜の濁流よわが誕生は誰に待たれし

生ける蠅いれて煮えゆく肉鍋ありイワンも神を招びいん夜か

屠られし牝牛一匹わが内に帰りきて何はじめんとする

冬海に横向きにあるオートバイ母よりちかき人ふいに欲し

冬蝶が日輪に溶けこむまでをまとまらざりきわが無頼の詩

冬井戸にわれの死霊を映してみん投げこむものを何も持たねば

兄弟として憎みつつ窓二つ向きあえりそのほかは冬田

映子を見つめる

古いノートのなかに地平をとじこめて呼ばわる声に出でてゆくなり

わが家の見知らぬ人となるために水甕抱けり胸いたきまで

パンとなる小麦の緑またぎ跳びそこより夢のめぐるわが土地

寝台の上にやさしき沈黙と眠いレモンを置く夜ながし

林檎の木伐り倒し家建てるべしきみの地平をつくらんために

種まく人遠い日なたに見つつわが婚約なれど訛りはふかき

きみが歌うクロッカスの歌も新しき家具の一つに数えんとする

厨《くりや》にてきみの指の血吸いやれば小麦は青し風に馳せつつ

木の匙を川に失くせしこと言えず告白以前の日のごと笑《え》めり

齢《よわい》きて娶るにあらず林檎の木しずかにおのが言葉を燃やす

わが内のダフニスが山羊連れて出て部屋にのこされたる陽の埃《ほこり》

製粉所に帽子忘れてきしことをふと思い出づ川に沿いつつ

きみの雨季ながしバケツに足浸しわがひとり読む栽培全書

歌ひとつ覚えるたびに星ひとつ熟れて灯れるわが空をもつ

起重機に吊らるるものが遠く見ゆ青春不在なりしわが母

乾葡萄喉より舌へかみもどし父となりたしあるときふいに

見えぬ海かたみの記憶浸しゆく夜は抱かれていて遥かなり

失いしものが書架より呼ぶ声を背に閉じ出れば小麦は青し

父の年すでに越えおり水甕の上の家族の肖像昏《くら》し

馬鈴薯を煮つつ息子に語りおよぶ欲望よりもやさしく燃えて

許されて一日海を想うことも不貞ならんや食卓の前

一本の樹を世界としそのなかへきみと腕組みゆかんか　夜は

土曜日のみじかき風邪に眠りつつ教室のとぶ夢を見たりき

空をはみだしたるもの映す寝台の下の洗面器の天の川

夕焼の空に言葉を探すよりきみに帰らん工場沿いに

悲しみは一つの果実てのひらの上に熟れつつ手渡しもせず

目の前にありて遥かなレモン一つわれも娶らん日を怖るなり

蜥蜴の時代

埃っぽきランプをともす梁ふかく愛うすき血も祖父を継ぎしや

鷹追うて目をひろびろと青空へ投げおり父の恋も知りたき

晩夏光かげりつつ過ぐ死火山を見ていてわれに父の血めざむ

母が弾くピアノの鍵をぬすみきて沼にうつされいしわれなりき

ある日わが貶めたりし教師のため野茨摘まんことを思い出づ

コスモスに暗き風あり抱きねし少年の瞳をもっともねたむ

夾竹桃咲きて校舎に暗さあり饒舌の母をひそかににくむ

愛せめる女のこしてきし断崖ふりむけばすぐ青空さむし

けたたましくピアノ鳴るなり滅びゆく邸の玻璃戸《はりど》に空澄みながら

電話より愛せめる声はげしきとき卓の金魚はしずかに退《すさ》る

汗の群衆哄笑をして見ていしが片方の犬嚙み殺されぬ

鰯雲なだれてくらき校廊にわれが瞞せし女教師が待つ

うしろ手に墜ちし雲雀をにぎりしめ君のピアノを窓より覗く

レンズもて春日集むを幸とせし叔母はひとりおくれて笑う

胸病むゆえ真赤な夏の花を好く母にやさしく欺されていし

雲雀の死告げくる電話ふいに切る目に痛きまで青空濃くて

甲虫を手に握りしめ息あらく父の寝室の前に立ちおり

車輪の下に轢かれし汗の仔犬より暑き舗道に蚤とびだせり

ひとの不幸をむしろたのしむミイの音の鳴らぬハモニカ海辺に吹きて

腋毛濃き家庭教師とあおむけに見ており雲雀空に墜つまで

business のごとき告白ききながら林檎の幹に背をこすりおり

そそくさとユダ氏は去りき春の野に勝ちし者こそ寂しきものを

勝ちて獲し少年の日の胡桃のごとく傷つきいしやわが青春は

胸にひらく海の花火を見てかえりひとりの鍵を音立てて挿す

日傘さして岬に来たり妻となりし君と記憶の重ならぬまま

亡き父の勲章はなお離さざり母子の転落ひそかにはやし

わが知れるのみにて春の土ふかく林檎の種子はわが愛に似る

青空におのれ奪いてひびきくる猟銃音も愛に渇くや

真夏の死

ささやかな罪を犯すことは強い感動を避ける一つの方法です。

ラファイエット夫人

手の上にかわく葡萄の種子いくつぶわれは遠乗会には行かず

ダリアの蟻灰皿にたどりつくまでをうつくしき嘘まとめつついき

欺されていしはあるいはわれならずや驟雨の野茨折りに駈けつつ

乗馬袴《キユロツト》に草の絮《わた》つけ帰りきし美しき疲れをわれは妬めり

扉のまえにさかさに薔薇をさげ持ちてわれあり夜は唇熱く

かつて野に不倫を怖じずありし日も火山の冷えを頰におそれき

愛なじるはげしき受話器はずしおきダリアの蟻を手に這わせおり

わが撃ちし鳥は拾わで帰るなりもはや飛ばざるものは妬まぬ

うしろ手に春の嵐のドアとざし青年は已《すで》にけだものくさき

愛されているうなじ見せ薔薇を剪《き》るこの安らぎをふいに蔑む

その中に一つの声を聞きわけおり夾竹桃はしずかに暗し

ある日わが貶めたりし夫人のため蜥蜴は背中かわきて泳ぐ

汚れたるちいさき翼われにあらば君の眠りをさぐり翔《か》くべし

みじんなる破片ひろえり失いし言葉に春の燭照るごとく

猟銃を撃ちたるあとの青空にさむざむとわが影うかびおり

息あらくけだものくさく春の嵐をかえりひとりの鍵をさしこむ

扉をあけて入りゆきたるわがあとの廊下にさむく風のこりおり

愛されていしやと思うまといつく黒蝶ひとつ虐げてきて

遠き火山に日あたりおればわが椅子にひっそりとわが父性覚めいき

野茨にて傷つきし指口に吸い遠き火山のことを告げにき

ぬれやすき頰を火山の霧はしりあこがれ遂げず来し真夏の死

血

第一楽章

剝製の鷹ひっそりと冷えている夜なりひとり海見にゆかん

抽出しの鋏錆びつつ冷えていん遠き避暑地のきみの寝室

遠く来て毛皮をふんで目の前の青年よわが胸撃ちたからん

かざすとき香水瓶に日曇るわれに失くさぬまだ何かあれ

みずうみを見てきしならん猟銃をしずかに置けばわが胸を向き

揚羽追い来し馬小舎の暗ければふいに失くせし何かに呼ばる

一つかみほど苜蓿《うまごやし》うつる水青年の胸は縦に拭くべし

海の記憶もたず病みいる君のためかなかな啼けり身を透きながら

泳ぐ蛇もっとも好む母といてふいに羞ずかしわれのバリトン

凍てつきし赤インク火にかざしつつ流氓《りゆうぼう》の詩と言えどみじかき

地下鉄の入口ふかく入りゆきし蝶よ薄暮のわれ脱けゆきて

第二楽章

わが胸郭鳥のかたちの穴もてり病めばある日を空青かりき

床屋にて首剃られいるわれのため遠き倉庫に翳おとす鳥

わが捨てし言葉はだれか見出さむ浮巣の日ざし流さるる川

大いなる腕まげてゆく河にうつり不幸な窓ははやく灯せり

猟銃の銃口覗きこみながら空もたぬゆえかくまで渇く

手を置かん外套の肩欲しけれど葱の匂える夕ぐれ帰る

灰のなかより古釘出でぬ亡びゆくものは日差にあわせ歌えよ

剃刀を水に沈めて洗いおり血縁はわれをもちて絶たれん

菌のごとき指紋いくつかのこしたる壁は夕日に花ひらかざり

下宿人の女の臀《しり》に玉ねぎを植えこみてわが雨季ながかりき

ある日わが喉は剃刀をゆめみつつ一羽の鳥に脱出ゆるす

胸の上に灼けたる遮断機が下りぬ正午はだれも愛持たざらん

第三楽章

氷湖見に来しにはあらず母のため失いしわが顔をもとめて

暗き夜の階段に花粉こぼしつつわが待ちており母の着替えを

母よわがある日の日記寝室に薄暮の蝶を閉じこめしこと

銅版画の鳥に腐蝕の時すすむ母はとぶものみな閉じこめん

氷湖をいま滑る少女は杳《くら》き日の幻にしてわが母ならんか

やわらかき茎に剃刀あてながら母系家族の手が青くさし

銅版画にまぎれてつきし母の指紋しずかにほぐれゆく夜ならん

ひとよりもおくれて笑うわれの母　一本の樅の木に日があたる

時禱するやさしき母よ暗黒の壜に飼われて蜥蜴は　笑う

母のため青き茎のみ剪りそろえ午後の花壇にふと眩暈《めまい》せり

わが喉があこがれやまぬ剃刀は眠りし母のどこに沈みし

紫陽花の芯まっくらにわれの頭《ず》に咲きしが母の顔となり消ゆ

日月をかく眠らせん母のもの香水瓶など庭に埋めきて

第四楽章

自らを潰してきたる手でまわす顕微鏡下に花粉はわかし

木曜日海に背かれきて眠るテーブルをわが地平線とし

一枚の楽譜のなかに喪せゆきてひとりのときはわれも羽ばたく

レントゲン写真に嘴《はし》をあけし鳥さかさにうつり抱かれざる胸

日あたらぬせまき土地にて隔てられ一本の樹とわが窓親し

湖凍りつつある音よ失いしわが日と木の葉とじこめながら

よごされしわが魂の鉄路にて北へはしれり叫ぶごとくに

青梅を漬けたる甕を見おろせば絶壁よりもふかし　晩年

わが母音むらさき色に濁る日を断崖にゆく瀆るるために

樹となりてしまいしわれに触れゆきてなまぬるき手の牧師かえらず

アルコオル漬の胎児がけむりつつわが頭《ず》のなかに紫陽花ひらく

挽歌たれか書きいん夜ぞレグホンの白が記憶を蹴ちらかすのみ

一人死ねば一つ小唄が殖えるのみサボテン唸り咲きてよき町

うつむく日本人

壱　他人の時

声のなき斧を冬空の掟とし終生土地を捨つる由なし

実験の傷もつ鼠逃げだして金網ごしに陽のさせる箱

幻の小作争議もふいに消え陽があつまれる納屋の片すみ

生けるまま鳥巣を埋めきその上に石油タンクの巨大なる今日

外套のままの会議ゆ小作田が見えおり冬の鴉が一羽

二夜つづけて剃刀の夢見たるのみ冬田は同じ幅に晴れたり

地下鉄の欲望音にわが裂かれ帰るアパートに窓一つあり

ねじれたる水道栓を洩るる水舐めおり愛されかけている犬

一本の曲った釘がはみ出せる樽をしばらく見ていしが去る

北一輝その読みさしのページ閉じ十七歳の山河をも閉ず

眼帯にうすき血にじむ空もたぬ農少年の病むグライダー

遠く来て冬のにんじん売りてゆく転向以後の友の髪黒し

かわきたるてのひらの上に暴かれて小作の冬田われのブランキ

弐　小さい支那

壁の汚点が新中国となる日まで同棲をして雨夜に去りたり

労働歌がまきこぼしたる月見草と小さなねじの回転はやし

綿虫とぶきみの齢にはあらざれど脱党以後は微笑みやすし

髪刈ってボルシェヴィキの歌うたう或る日馬より蒼ざめていん

たそがれのガスが焔となるつかのま党員よりもわが唾液濃き

手の大きな同志に怒りよみがえれ海霧ふかき夜にわかれて

護岸工事の歌なきひとり逝きしこととタンポポ咲きしことを記さん

幻の陽のあたる土地はらみつつ母じぐざぐと罐詰切りおり

貨車より振る同志の冬帽遠ざかり飛べない工場を守りゆく齢

萌えながらむせぶ雑木よさよならを工作者宣言第一語とす

同志らの小さな眠りの沼にうかび睡蓮は音たてず咲くべし

陽のあたる遠い工場を見つつ病み労働運動史と木の葉髪

血を売って種子買いもどる一日をなに昂ぶるやあなたは農奴

颱風の眼の青空へ喉向けて剃られつつあり入党直後

瘤のある冬木一本眼を去らず農民史序章第一課読後

壁となる前のセメント練り箱にさかさにわれの影埋められる

牝犬が石炭置場に一本の骨をかくしていしが去る

参　山羊つなぐ

地球儀の見えぬ半分ひっそりと冷えいん青年学級の休日

転向後も麦藁帽子のきみのため村のもっとも低き場所萌ゆ

グライダーにたそがれの風謳わしむこころ老いたる青春のため

わが内を脱けしさみしき少年に冬の動物園まで逢いにゆく

田園の傷《いた》みは捨てて帰らんか大学ノートまで陽灼けして
林檎の木ゆさぶりやまずわが内の暗殺の血を冷やさんために
思い出すたびに大きくなる船のごとき論理をもつ村の書記

私のノオト

とうとう信じられなかった世界が一つある。そしてまた、私の力不足のゆえに今も信じきれないもう一つの世界があるように思われてならない。多分、それはまだ生れ得ない世界なのかも知れないが、しかし私はその二つの間にはさまれて耳をそばだてている。「今日、人類の運命は政治を通してはじめて意味をもつ」と言ったトーマス・マンの言葉がいまになって問題になっている。

だがいったい、そんな警告がどんな意味をもっているだろうか。私は決して「永遠」とか「超越性」とかにこだわるのではないが「人類の運命」のなかに簡単に「私」をひっくるめてしまう決定論者たちをにがい心で見やらない訳にはいかない。

だが同時にビートニックス詩人スチュアート・ホルロイドのように「ぼく自身の運命、世界からもほかの人たちからも切り離されたぼくだけの運命がある」と思うのでもないのだ。

むしろ、そうした一元論で対立としてとらえ得ないところに私自身の理由があるように思われる。

大きい「私」をもつこと。それが課題になってきた。「私」の運命のなかにのみ人類が感ぜられる……そんな気持で歌をつくっているのである。第一歌集『空には本』の後記を読むと、まるで蕩児帰る、といった感がする。そちこちで勝手気ままな思考を醱酵させて帰ってくると、家があり部屋があるように、「様式」が待ちかまえていると私は思っていたらしい。

私はコンフェッション、ということを考えてみたこともなかった。だが、私個人が不在であることによってより大きな「私」が感じられるというのではなしに、私の体験があって尚私を越えるもの、個人体験を越える一つの力が望ましいのだ。私はちかごろSoulという言葉が好きである。

心、鬼、そんなものを自分の血のなかに、行動のバネのようなものとして蓄積しておきたい、と思っている。

いま欲しいもの、「家」
いましたいこと、アメリカ旅行
いませねばならぬこと、長編叙事詩の完成。いま、書きたいもの、私の力、私の理由。そしていま、たったいま見たいもの、世界。世界全部。世界という言葉が歴史とはなれて、例えば一本の樹と卓上の灰皿との関係にすぎないとしてもそうした世界を見る目が今の私には育ちつつあるような気がするのだ。

今日までの私は大変「反生活的」であったと思う。そしてそれはそれでよかったと思う。だが今日からの私は「反人生的」であろうと思っているのである。

一九六二年夏　小諸にて

未刊歌集

テーブルの上の荒野

——一九六二年

テーブルの上の荒野

もしも友情か国家かどっちかを裏切らなければいけないときが来たら、私は国家を裏切るだろう。

フォスター

女優にもなれざりしかば冬沼にかもめ撃たるる音聴きてをり

テーブルの上の荒野をさむざむと見《み》下《おろ》すのみの劇の再会

稽古場の夜の片隅ひと知れず埋めてしまひしチエホフのかもめ

町裏で一番さきに灯ともすはダンス教室わが叔父は　癌

「ここより他《ほか》の場所」を語れば叔父の眼にばうばうとして煙るシベリア

同じ背広を二着誂へゆく癌の叔父に一人の友があるらし

木の匙を片付け忘れて叔父眠る「われらの時代」の末裔として

古着屋の古着のなかに失踪しさよなら三角また来て四角

独身のままで老いたる叔父のため夜毎テレビの死霊は来《きた》る

酔ひどれし叔父が帽子にかざりしは葬儀の花輪の中の一輪

すりきれしギター独習書の上に暗夜帰航の友情も　なし

老犬の芸当しばらく見てゐしがふいに怒りて出てゆく男

アスピリンの空箱裏に書きためて人生処方詩集と謂ふか

たつた一人の長距離ランナー過ぎしのみ雨の土曜日何事もなし

洗面器に嘔吐せしもの捨てに来しわれの心の中の逃亡

撞球台の球のふれあふ荒野までわれを追ひつめし　裸電球

白球が逃亡の赤とらへたる一メートルの旅路の終り

地下鉄の真上の肉屋の秤にて何時《いつ》もかすかに揺れてゐるなり

舐めて癒すボクサーの傷わかき傷羨みゆけば深夜の市電

中年の男同士の「友情論」毛ごと煮られてゐる鳥料理

寿命来て消ゆる電球わがための「過去は一つの母国」なるべし

ダンス教室その暗闇に老いて踊る母をおもへば　堕落とは何?

亡き父の靴のサイズを知る男ある日訪ねて来しは　悪夢

幾百キロ歩き終りし松葉杖捨てられてある　老人ハウス

「剝製の鳥の内部のぼろ綿よわが言葉なき亡命よさらば」

肉屋の鉤なまあたたかく揺るるときさみの心のなかの中国

ボクシング

冬の犬コンクリートににじみたる血を舐めてをり陽を浴びながら

アパートの二階の朝鮮人が捨てし古葉書いまわが窓を過ぐ

いたく錆びし肉屋の鉤を見上ぐるはボクサー放棄せし男なり

ジュークボックスにジャズがかかればいつも来るポマード臭ききみの悪霊

暗闇に朝鮮海峡荒れやまず眠りたるのち……喉かわき

哄笑の顔を鏡にふと見つむわが去りしあとも笑ひのこらむ

冷蔵庫のなかのくらやみ一片の肉冷やしつつ読むトロツキー

手の中で熱さめてゆく一握の灰よはるかに貨車の連結

目のさめるごとき絶望つひになし工場の外の真青な麦

戦艦にあこがれゐしが水甕に水を充たして家に残らむ

さみしくて西部劇へと紛れゆく「蒼ざめし馬」ならざりしかば

運ばれてゆくとき墓の裏が見ゆ外套を着て旅するわれに

〈サンドバッグをわが叩くとき町中の不幸な青年よ　目を醒ませ〉

田園に母親捨ててきしことも血をふくごとき思ひ出ならず

心臓のなかのさみしき曠野まで鳩よ　航跡暗く来《きた》るや

煮ゆるジャム

煮ゆるジャムことにまはりが暗かりきまだ党の歌信ずる友に

空罐を蹴りはこびつつきみのゐる刑務所の前通りすぎたり

人生はただ一問の質問にすぎぬと書けば二月のかもめ

蹴球に加はらざりし少年に見らるる車輪の下の野の花

今日も閉ぢてある木の窓よマラソンの最後尾にて角まがるとき

わけもなく剃刀とぎてゐる夜の畳を猫が過ぎてゆくなり

終電車がわれのブルース湯にひたす腿がしだいに熱くなる愛

蠅とまる足うら向けて眠りをり彼にいかなる革命来むか

一本の馬のたてがみはさみおく彼の獄中日記のページ

陽なたにて揺るるさなぎを見てをればさみしからずや歴史の叙述

冬沼に浮かぶ電球見てあれば帰るにあまり遠し　コミューン

撃たれたる小鳥かへりてくるための草地ありわが頭蓋のなかに

死の重さ長さスコップもて量れり地平をかわきとぶ冬の雲

飛ばない男

×月×日
ある朝、私がなにか気懸かりな夢から目をさましても、自分が寝床の中で一羽の鳥になつてゐないのに気がついた。これは一体どうしたことだ、と私は思つた。
「やつぱりまた事務所へ出勤するしかないのか」

わが頭蓋ある夜めざめし鳥籠となりて重たし羽ばたきながら

母のため感傷旅行たくらまむたそがれの皿まるく拭きつつ

翼の根生えつつあらむわが寝台それに磔刑のごとく眠れば

「革命だ、みんな起きろ」といふ声す壁のにんじん種子袋より

高度4メートルの空にぶらさがり背広着しゆゑ星ともなれず

×月×日
「空だつて?」と彼は言つた。「牢獄に違ひなんかあるものか。ただここより空の方が少しだけ広いといふだけのことさ」私はその彼を黙つて見た。——失敗者はいつもこれなんだ。

もの言へば囀りとなる会計の男よ羞づかしき翼出せ

夾竹桃の花のくらやみ背にしつつ戦後の墓に父の戒名

理髪師に首剃られをり革命は十一月の空より来むか

われとわが母の戦後とかさならず郵便局に燕来るビル

外套掛けに吊られし男しばらくは羽ばたきゐしが事務執りはじむ

×月×日
「囚はれた人間はほんたうは自由だつたのだ」とカフカは書いてゐる。「この牢獄を立ち去ることもできたらう。格子は一メートル間隔にはまつてゐたのだ。彼はほんたうは囚はれてたわけではなかつたのである」　（一九二〇年の手記）

大いなる欅にわれは質問す空のもつとも青からむ場所

会議室に一羽の鳥をとぢこめ来てわれあり七階旅券交付所

艇庫より引きだされゆくボート見ゆ川の向ふのわが脱走夢

ある日われ蝙蝠傘を翼としビルより飛ばむかわが内脱けて

陽のあたる場所に置かれし自転車とつひに忘れゐしわが火傷

罪

窓へだてみづうみに暗くはしる雨母の横顔ばかり恋ほしむ

とぶ翼ひろげしままに腐蝕せし銅版画の鷹よ……われの情事

壜詰の蝶を流してやりし川さむざむとして海に注げり

山鳩をころしてきたる手で梳《す》けば母の黒髪ながかりしかな

わが遠き背後をたれに撃たれゐむ寒林にきく猟銃の音

混血の黒猫ばかり飼ひあつめ母の情夫に似てゆく僕か

遺伝

雷雲によごれそめたる少女にて家畜小屋まで産みに帰れり

白髪の蕩父帰れり　黄金の蠅が蠅取紙恋ふごとく

わが天使なるやも知れぬ小雀を撃ちて硝煙嗅ぎつつ帰る

北窓に北のいなづま光る夜をまだ首吊らぬ一本の縄

家出節吹かざりしかば尺八の孔ふかくまよひこみし夏蝶

一夜へし悪夢は牛に返上しわが義弟らよどぶろくを汲め

縊《くび》られて一束の葱青かりき出奔以前の少年の日ゆ

老牛を打ちたる鞭をさむざむと野にて振るべし　青年時代

花札伝綺

邪魔なりくっはだまらせよ
魔人畜悉頓滅

按摩《あんま》の首市《くびいち》、入つてくるなりヨイドに手を出して
眼帯《がんたい》の片目そはそは見てゐたる
花の小姓《こしやう》の　せんずり草紙《さうし》
笊《ざる》に手を入れひとつかみ、振れば丁半《ちようはん》、地獄節《ぢごくぶし》
⚀⚄⚀お寺のコタツ　コタツのなかの毛脛《けずね》殺し
⚀⚃⚀花車《だし》　花の吃りの艶笑双五《すごろくいぜん》
⚀⚀⚀三日《みつか》ばうず　四日目《よつかめ》に剃《そ》る腋扇当代和歌子読《わきあふぎげんだいたんかごよみ》の口上《ことはり》は
歌読む甲斐に拙《つたな》くまれ。なほ此外《このほか》に著述《うた》はむと思ふものなきあらねど。すでに冠者《わかもの》ならず和歌舞台《うたびとせい》。黒幕中《くろまくのうち》に思惟《おもひみ》れども喝采《やんや》の当《あたり》は得られまじ。
されば白魚《ふるほんや》の棲居《みせさき》に倣《な》さむとしるす、
田舎 綴花札伝綺《でまかせていけいはなふだでんき》

長月《ながつき》は菊

聴くも聴かぬも八卦《はつけ》の地獄

花好きの葬儀屋ふたり去りしあとわが家《や》の庭の菊　首無し

葉月《はづき》すすき
満月《まんげつ》の夜《よ》の仏壇《ぶつだん》はこび

母売りてかへりみちなる少年が溜息橋《ためいきばし》で月を吐きをり

神無月《かむなづき》はもみぢ
母に似してふ巫女《いたこ》見にゆく

長持《ながもち》に一羽《いちは》の鵙《もず》をとぢこめし按摩《あんま》がねむりぐすり飲むなり

霜月《しもつき》は柳《やなぎ》
奇数ばかりの賽《さい》の目じやらし

つばくらめまだ生まれざるおとうとに柳行李《やなぎがうり》のいれものを編む

文芸賭博《いかさましじん》

言葉之介《ことばのすけ》一夜《いちや》の物ぐるひ

まことに今宵は書斎の里のざこ寝とて定型七五《ていけいしちご》　花鳥風月《くわてうふうげつ》　雅《が》辞古語雑俳用語《じここござつぱいようご》、漢字《かんじ》ひらがな、形容詞詩《けいようしし》にかぎらず、新旧《しんきう》かなづかひのわかちもなく　みだりがはしくうちふして　一夜《いちや》は何事も許すとかや。

いざ、是《これ》より、と朧《おぼろ》なる暗闇に、さくら紙もちてもぐりこめば、筆はりんりんと勃起をなし、その穂先したたるばかり。言葉之介、一首まとめむと花鳥風月をまさぐれば、まだいはけなき姿にて逃げまはるもあり。そのなかをやはらかく、こきあげられて絶句せるは、老いたる句読点ならむか。しみじみとことば同士にて語らふ風情、ひとり　千語《せんご》にて論ずるさまもなほをかし。七十におよぶ婆《ばば》の用ひし手ならひの硯、或《あるひ》は古語のかわきたるをおどろかし　枕ことばにいたるとよろこぶこと、きき伝へしよりおもしろきとぞ。入組《いりく》み、泣かし、よろこばしたるのちに、言葉之介、三十一音にまとめたるは、おもしろの花のあかつき近くや。

死語ひとつ捨てて来し夜の天《あま》の川《がは》はるばると母恋ふ一首ゆゑ

言葉《ことば》葬《さう》けむりもあげずをはるなり紙虫《しみ》のなかなる望郷の冬

好語一代男《かうごいちだいをとこ》、言葉の快感《よきこと》かぎりなし。別名《べつのな》を歌人百般次《うたよみのすべて》と、呼びしや、否！

棺桶の蓋《ふた》をあけてなかを覗《のぞ》きこんだ
葬儀屋の女房のおはかは

時はまさしく丑満であたしの
亭主は白河夜船《しらかはよふね》…………多情《うはき》な死神《しにがみ》
ほとけさま。どうぞ助けて下さいまし。
生きてる人たちの丑満が終つて死人の
庚がはじまる前の
これはあたしの物狂ひ！
おつ立つまらをおさへきれぬ仮寝《かりね》の宿《やど》の十三夜
死んだはたちのおとうとの情欲だけがのりうつり
指にためしの火をあてりや
燃ゆるほのほもゆらゆらと
おはか恋しやなつかしや
赤い腰巻、まき狂ひ

打上《うちあげ》打当《うちあて》打別離《うちわかれ》
肌肉《はだと》近接相愛撫《はだとをよせあつて》
赤喰付雨《あかくつつきのあめ》　冠花札《かぶり》
空巣《からす》四三鬼札繰《しそうのおにふだめぐり》

おまへの背中の満月と
あたしの背中の松と桐
二人あはせて出来役《できやく》は
かなしい墓場のしのび逢ひ

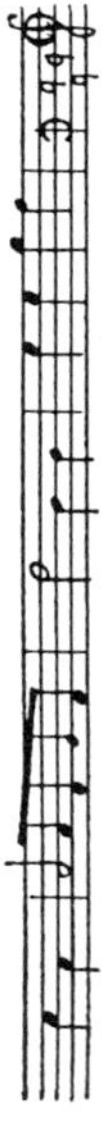

啞和歌恨言葉按摩墓撫居士《たんかもしばらくつくらずにおはかでおかまをほるをとこ》
一首よみて
刺青《いれずみ》の菖蒲《しやうぶ》の花へ水差にゆくや悲しき童貞童子《どうていどうじ》

跋

歌のわかれをしたわけではないのだが、いつの間にか歌を書かなくなってしまった。だから、こうして「全歌集」という名で歌をまとめてしまうことは、私の中の歌ごころを生き埋めにしてしまうようなものである。このあと書きたくなったからと言って、「全歌集」の全という意味を易く裏切る訳にはいかないだろう。

思えば私の作歌は、説明的にはじめられて説明的に終った。本質の方が存在に先行している畸型児だったような気がする。三十一の言葉の牢獄に、肉声のしたたりまでも封じこめてしまった暗い少年時代を、私は今なつかしく思い出している。

十二、三才から書きはじめた歌の、ほとんど全部をおさめたために、省みると稚いものが多く、気負いばかりが目立っている。口やさしく「表現」などということばを使っているが、表現の背景に「裏現」とか「表没」といった歌い方もあることを検証してみたこともなかったし、いつも「私」を規定することにばかりこだわっていて、ついに裏返しの自己肯定の傲岸さを脱けることがなかったこともよくわかる。ともかく、こうして私はまだ未練のある私の表現手段の一つに終止符を打ち、「全歌集」を出すことになったが、実際は、生きているうちに、一つ位は自分の墓を立ててみたかったというのが、本音である。

一九七〇年十一月

解説I　アルカディアの魔王――寺山修司の世界

塚本邦雄

1

芸術の諸ジャンルにはそれぞれを劃《かぎ》る不可視の牆壁があるらしく、それに妨げられずに自在に創造力を発揮した芸術家は、古来意外に数多くはない。本職が別にあつてその方も堪能だつたとか、余技が神技に達したと言ふのならこの限りではなく、レオナルド・ダ・ヴィンチの自然科学に機械工学、アマディウス・ホフマンの法律とオペラ、さてはビアズレーの小説にブレイクの絵、そこまで来れば蕪村らの文人画などもあつて、例証に事欠くものではないが、ジャンルを言語芸術内の諸形式に限つてみても、傑《すぐ》れた評論家は拙劣な詩人であつたり、卓抜な俳人が愚昧な小説家であつたり、非凡の劇作家が悲惨な歌人であつたりする場合が、実例の枚挙は別として、通例であり得た。天は二物を与へるのに際して異常に吝《やぶさ》かであつたのだ。ところがその天が時によつては法外な大盤振舞をすることがあつて、その被饗応者を人人は天才とか超人とか呼びたがる。私も亦《また》たとへば寺山修司をさう呼びたがつた一人だし、今も呼ぶことをやめてはゐない。クロニクル風に言へば、俳句、短歌、詩劇、小説、戯曲の順に、彼はその鬼才ぶりを示して来た。評論、散文詩、ルポルタージュ等はその各形式の背後で着着と形成されて来たし、派生的な産物シナリオ、歌謡等は戯曲、散文詩の中に含めて評価してよいだらう。そしてこれらはすべてその辺の文学青年の出来心的偶発作品ではなく、一つ一つに傑作、代表作があり、厳然とした寺山修司独りの世界があり、その時代の典型たり得てゐる。私は彼を天才、鬼才と呼び、この後もさうあつてほしいと希望するが、同時に彼を秀才と呼んだことも冀《こいねが》つたことも、まだ一度もない。秀才と呼ぶあの一度も地獄を見たことのない、渾沌も虚無も、不条理も反社会も、惑乱も耽溺も、わが事に非ずと姿勢を正した合理主義の化物のシンボルを、私はかつて信じたことも愛したこともない。そして〝芸術〟はこの幸福な社会をかたちづくるためのエリート秀才の手で、連綿と守られ続けて来た。生ける験《しるし》ある幸福な社会の芸術に食傷して、死んだ方がましと考へざるを得ぬ理由がここにあつたのではなからうか。さらに言へば、死んだ方がましと叫ぶ者に、殺してやらうと立ちはだかる芸術家がゐたとすれば、それも単なる秀才の裏返し、偽物のメシア、知的アウトロウの変形にすぎないだらう。死にたい者をせせら笑つて、遥か彼方で死の最高の方法を示し、また生の恍惚を暗示するに止まるなら、彼らも〝単なる〟天才、鬼才を一歩も出ることはない。

あるひはまた、地獄への案内人、天国への誘導者として完璧であることも、天才、鬼才の全的なイメージには合致しない。その称号はつひに、芸術家自身が天国即地獄の存在にまで昇華または失墜を遂げるまで僭称と言ふべきなのだ。

2

寺山修司はかつて十八歳であつた。この自明の事実をことさらに言はねばならぬほど、彼の十八歳は光にみち、天才のサブ・タイトルとしての早熟をきらびやかに具現してゐた。彼が最初に嫉妬したのがレーモン・ラディゲであることも、至極当然のことであつたし、さらに言へばその嫉妬は逆であつて、寺山の若書の天衣無縫の神聖詐術の見事さは、むしろ死者をして妬ませるばかりだつた。

縄目なしには自由の恩恵はわかりがたいやうに、定型といふ枷が僕に言語の自由をもたらした。僕が俳句のなかに十代の日日の大半を賭けたことは、今かへりみてなつかしい微笑のやうに思はれる。

後年のある日、彼はかく述懐するが、思へば、彼が最初に賭けた詞華は、十八歳を遡るさらに数年前、既に瞠目にあたひする才気を示してゐたのである。「青い森」「牧羊神」等の同人誌に発表した作品の中には、

目つむりてゐても吾《あ》を統《す》ぶ五月の鷹
ラグビーの頬傷ほてる海見ては
秋の噴水かのソネットをな忘れそ
林檎の木ゆさぶりやまず逢ひたきとき
二階ひびきやすし桃咲く誕生日
秋の曲梳《す》く髪おのが胸よごす
西行忌あふむけに屋根裏せまし
蟻走る母の影より出てもなほ
黒穂抜き母音いきづく混血児
流すべき流灯われの胸照らす

などの僅かな引用が雄弁に立証するやうに、韻文の魔力、類推の巫術《ふじゆつ》を軽く一蹴し、無傷でほほゑんでゐる、比類の無い才能がたしかにある。五月の鷹の句など、おそらく彼の全作品を網羅した時にも、決して逸することのできない傑れたものであり、その優越性は、やや幼い助詞の重用をすら含めてよいのだ。

彼が全天の鷹を統べるまでになつた今日でも、私はさう言ひたい。〝目つむりてゐても〟と吃りがちに、小刻みに揚言する含羞のうつくしさ、それは即ちそのまますべての詩の最終的に喪つてはならぬうつくしさであつた。

昭和二十九年十一月、彼の十八歳の賭は第二回短歌研究新人賞特薦「チエホフ祭」五十首として、みづからをサラーブレッドに擬し、比類のない爽やかな勝利を獲ちとつたのだ。第一回の中城ふみ子の『乳房喪失』の、死のにおひを漂はす華麗な登場のあとだけに、寺山修司のデビューは、作品のサブ・タイトルとした、〝青い種子は太陽のなかにある〟をそのまの、燦燦《さんさん》たる光に包まれた、戦後九年目の希望の象徴であつた。老い朽ちようとする韻文定型詩は、まさしくこの寵児の青春の声によつて、一夜にして蘇つた。そしてこの定型詩が〝蘇つた〟のは、あとにもさきにもこの時一回限りだつたのではなからうか。はたまたこのたまゆらの蘇生の幻覚こそ、復活の前の死、後の死をさらに際だたせ、短歌なる定型の業《ごふ》を証すことになつたとも言へようか。彼の後に続く数多の若者たちが死にかかはり生きかはり、再び三たびその幻覚を逐ひつつ遂に挫折する経過を見ても、定型の業の深さと、天才の稀有なることとをこもごも思ひ沁むのである。さらにつけ加へるならば、その瀕死の閨秀歌人の妖しい揺籃歌《ベルスーズ》も、この十八歳の美少年の五月晴の青春の挽歌《サラバンド》も、当時の名エディター、中井英夫の〝発見〟によつてこそ、はじめて現れ得たものであつた。埋もれた宝石、かくされた花の稀少価値は勿論であるが、それを明るみに引出すには、それを超える稀有の眼がなくては果されないだらう。かつての名エディターが、今日『かつてアルカディアに』の作者として蘇つてゐることも、当然のこととは言ひながら感懐一入である。

因みに芥川賞作品、安部公房の『壁』は寺山の「チエホフ祭」に先だつこと三年、昭和二十六年であり、石原慎太郎の『太陽の季節』は昭和三十年であつた。

莨火《たばこ》を床に踏み消して立ちあがるチエホフ祭の若き俳優
蛮声をあげて九月の森に入れりハイネのために学をあざむき
籠の桃に頰痛きまでおしつけてチエホフの日の電車に揺らる〔一四二頁の歌に改作〕
向日葵は枯れつつ花を捧げをり父の墓標はわれより低し
一粒の向日葵の種まきしのみに荒野をわれの処女地と呼びき

「チエホフ祭」の中のこれら人口に膾炙した作品は、記憶の中でもつねに剪りたての花摘んだばかりの果実のやうにみづみづしい。そして単にみづみづしいのではなく、みづみづしくつくりあげられてゐることに注意せねば、作者が作意をもたぬ歌人をはげしく侮蔑し、〈私〉性文学は無私に近づくほど、多くの読者の自発性になり得ると考へた、その不敵な生き方、即ち方法を見ぬに等しからう。原典を自家薬籠中のものとして自在に操り、藍より出た青より冴冴と生れ変らせる、この本歌取りの巧妙さ。新古今あたりのそれの厳粛な繁文縟《はんぶんじょく》礼《れい》めいた修辞学を、微笑と共に跳びこえて、これらの作品は輝いてゐる。

今は昔、彼が作中人物通りではなかつたと眦《まなじり》を決して短歌のモラルを説いたり、用語に先蹤《せんしょう》ありとあげつらつて、博覧ぶりを誇示した頑なな先輩たちを前に、途方に暮れつつ憫笑を以て応へてゐた寺山修司を、私はいたましい思ひにみちて想ひ出さねばならぬ。赤旗を売らずに売つたと歌つたことが、それ自体罪と呼び得たこのうとましい世界に、私は彼より先に住んで耐へてゐたのだつた。

寺山修司第一歌集は三十三年六月的場書房刊の『空には本』であるが、それに先だつて、三十二年一月作品社刊の『われに五月を』なる作品集と、同年七月的場書房刊の散文詩集『はだしの恋唄』がある。

前者の跋文には、〝この作品集を発行すると同時に僕の内で死んだ一人の青年の葬ひの花束〟と、みづからにむけて弔辞を綴り、大人になつた自分を許し、さらには〝新しい大人〟の典型にならうと決意してゐる。

ラディゲ、ロートレアモン、ランボー、シュペルヴィエルあるひはジロードゥら、当時夭折を遂げず大人になることにさだめられた寺山の心を占領してゐた作家達の、苦い微笑の翳が、木洩れ陽のやうに行間にふりそそぐ、まさに典型的な若書のうつくしさに満ち充ちたものである。

そして「チエホフ祭」に続いて発表した、「森番」「猟銃音」等の、快い、しかも智恵の力で緊められた三十一音が、傍若無人の光耀をふりまいてゐる。

そら豆の殻一せいに鳴る夕母につながるわれのソネット
日あたりて貧しきドアぞこつこつと復活祭の卵を打つは
失ひし言葉かへさむ青空のつめたき小鳥撃ちおとすごと

知恵のみがもたらせる詩を書きためて暖かきかな林檎の空箱
ドンコザックの合唱は花ふるごとし鍬はしづかに大きく振らむ
サ・セ・パリも悲歌にかぞへむ酔ひどれの少年と一つのマントのなかに
かぶと虫の糸張るつかのまよみがへる父の瞼は二重なりしや

発表時から十数年閲した今日でも、なほ、私は〝そら豆のソネット〟や〝知恵の林檎〟を彼の代表作のうちに数へて、彼の前でくちずさんでみせることがある。彼は顔を顰めるのをつねとするが、作者の含羞や遺憾と関わりなく、これらの歌はもはや読人不知の域にまで高められて、われわれの共有財産となりおほせてゐる。定型詩をつくることのよろこび、読むことの心躍りを、かくまで肉感的に伝へる作品はかつて無く、今日も無い。連句的構成をもちながら、上と下はわかちがたく脈絡し、完全な世界をなしてゐる。〈そら豆の〝殻〟〉、〈〝貧しき〟ドア〉、〈書き〝ためて〟〉、〈〝つかのま〟よみがへる〉、これらの隻言にこめられた彼の優しい悪意は、おそらく読者、卒読の鑑賞者にとつては単なる修辞の一部分に過ぎぬかも知れない。然し私には夭折を敢へて遂げなかつた作者の無念さと同時に誇りとが、ひしひしと伝はつてくる。サ・セ・パリは〝も〟で、ドンコザックの合唱は〝は〟であることも、かりそめの、あるひは偶然の技巧ではあるまい。前者は決して〝花ふるごとし〟であり得ず、後者はさらさら〝悲歌にかぞへ〟ることのできなかつた、作者の真意を私は沁みて思ふのである。

父の遺産のなかに数へむ夕焼はさむざむとどの畦よりも見ゆ
外套のままのひる寝にあらはれて父よりほかの霊と思へず
冬の斧たてかけてある壁にさし陽は強まれり家継ぐべしや
うしろ手に春の嵐のドアとざし青年は已にけだものくさき
マッチ擦るつかのま海に霧ふかし身捨つるほどの祖国はありや
マラソンの最後の一人うつしたるあとの玻璃戸に冬田しづまる
跳躍の選手高飛ぶつかのまを炎天の影いきなりさみし

〝今日までの私は大変「反生活的」であつたと思ふ。そしてそれはそれでよかつたと思ふ。だが今日からの私は「反人生的」であらうと思つてゐるのである〟といふ重いクレドを〈私のノオト〉の結びとする、歌集『血と麦』は、第一歌集から四年を経た三十七年七月、白玉書房から刊行された。反生活と反人生のなからひに、引きさかれつつ現れた、父、家、青年、祖国、その属性を、もはや私に即して読む愚を繰返す読者はあるまい。これらのヴォカブラリーを以て彼の思想的深化を説くのも、作者にとつては有難迷惑に過ぎないだらう。『血と麦』には最終章に「行為とその誇り」と題する、八章に分たれたエッセーが収められてゐる。アドルフ・ヒットラーがアウグスト・クビゼックとリンツの劇場へワーグナーを聴きにゆく挿話を冒頭にもつこの試論は、彼の夥しい評論のうちでも屈指のものであるが、最終章に書かれた断言は当時の、否出発から今日にいたる彼の立場を最も明らかにするものとして、常に記憶しておくべきであらう。

最後に一つだけ補足しておきたいことがある。それは行為と実践のちがひである。詩人もまた他の文学者たちと同じやうに行為者であるべきだが、実践してはならない。たとへば本気でデモの効果を信じ、テロを信じ、世直しのための実践活動家になつてはいけないのである。ヒットラーはゲルマンの血の純潔といふ夢のために詩的行為の人となつたが、実践しようといふ意識に欠けてをり、明確に明日の人類のヴィジョンをもつてゐなかつたために二十世紀の悪霊と言はれた。しかし、彼はそれゆゑに芸術家でありえたのだし、純粋だつたのだと私には思はれてならない。

実践する芸術家がかつて偉大だつた例をもたない。マヤコフスキーだつて実践しやしなかつた。彼の行為はパッショネートであつたが、彼の真の敵は資本主義であつたとは思はれない。彼の敵はただ、権力だつたのだ。

私はこの六月の不幸な歴史の傷痕を、他の人たちと頒ちもつてゐるが、実践者にならないから、いま芸術家なのだ、といふくやしさと誇りをもつてゐる。このくやしさの部分には深い誘惑がひそんでゐる。だが多分、私は誘惑におちこむこともないだらう。歴史をかへてゆくのは革命的実践者たちの側ではなく、むしろやさしさに唇をかんでゐる行為者たちの側にあるのだから。

第八章全文を引用したのは、彼がこの後あらためてこの所信を披瀝することもないであらうし、かく言挙したことを忘れてゐるかも知れぬ読者に思ひ出してもらひたいからなのだ。一挙手一投足、一顰一笑についても、行為なるもの、実践なるものは、かくも明晰に分離され得るものかどうか、その曖昧な幽、明の境に立つて狐疑逡巡してゐる私にとつて、この揚言は羨しい限りであるが、それは措いて、これこそ終始一貫した彼の生き方だつたし、あの不羈奔放な行為に、時として手に汗を握る私の、この後も信じたい、信じねばならぬ寺山修司像のバックボーンではある。

みづうみを見てきしならむ猟銃をしづかに置けばわが胸を向き
一つかみほど苜蓿《うまごやし》うつる水青年の胸は縦に拭くべし
泳ぐ蛇もつとも好む母とゐてふいに羞づかしわれのバリトン
床屋にて首剃られゐるわれのため遠き倉庫に翳おとす鳥
銅版画にまぎれてつきし母の指紋しづかにほぐれゆく夜ならむ
ひとよりもおくれて笑ふわれの母　一本の樅の木に日があたる
紫陽花の芯まつくらにわれの頭《ず》に咲きしが母の顔となり消ゆ
自らを潰してきたる手でまはす顕微鏡下に花粉はわかし
わが母音むらさき色に濁る日を断崖にゆく潰るるために

地下水道いまは一羽の小鳥の屍漂《かばね》ひてゐむわが血とともに
一本の樫の木やさしそのなかに血は立つたまま眠れるものを
齢来《よはひき》て娶るにあらず林檎の木しづかにおのが言葉を燃やす
乾葡萄喉より舌へかみもどし父となりたしあるときふいに
空をはみだしたるもの映す寝台の下の洗面器の天の川
刑務所にトラックで運びこまれたる狂熱以前のひまはりの根

三十三年から三十六年にかけて、彼の発表した短歌は、「火山の死」「熱い茎」「冬の斧」「空について」「翼のある種子」「洪水以前」「氷湖へ趨れ」「他人の時」「砒素とブルース」「Weavy Blues」「感傷的革命家の小さな肖像」等をかぞへる。同時に他方で、彼は戯曲『血は立つたまま眠つてゐる』小説『人間実験室』ラジオ・ドラマ『中村一郎』『星に全部話した』『大人狩り』『血の夏』テレヴィ・ドラマ『Q』『家族あはせ』等を代表とする夥しい力作を矢継早に発表して、見てゐる方が眩しいやうな栄光を全身に浴び、聞いた方が気を揉むくらゐ八面六臂の活躍を続けてゐた。一作一作がセンセーションを捲きおこし、衝撃を与へ、何よりも新しかつた。だがそのエネルギーの核とは、彼がかつて故意に若い身の枷として選んだ、韻文定型詩ではなかつたらうか。縦横に翔ぶ幻想の翼も、詞の狂瀾怒濤も、一見アトランダムともうけとれる主題や構成も、その実、みごとな起承転結、序破急、颯沓入破のヴァリエーションとも言ふべき秩序と諧調を保つてゐるのは、定型の血を享けた恩寵であらう。

この時代の彼の短歌は、その意味で恩寵への展墓であり、無縫の天衣の衣更へのための休暇《しつかい》であつた。注意深く読むなら彼の血である短歌には、彼の他の領分における作品の要素が悉皆含まれてゐることが、手にとるやうに察しられたはずである。

彼の短歌の即興性はますます明らかになり、もはや定型は枷ではなく、ローマの力士がことさらに縛して忽ち断つて見せる鎖のやうなものであつた。鎖を纏《ま》きつけた力士が美しいやうに、その枷の幻影ゆゑに寺山修司の短歌は口惜しさの美学をはらんで自立してゐたのだつた。

作品にあらはれる母の幻像の、あやふく相姦に瀕するまでのなまめかしさ、それはむらさきに濁る〝母音《ヴオカール》〟と言ふ言葉にさへ及んでゐるのである。

かつての、ハイネのために欺いた学の時代から、〝齢来て娶るにあらず林檎〟、〝父となりたい乾葡萄〟と、年代記的に彼の青春の私性の倒影を強ひて見ようとすれば見られよう。彼が生をうけた風土も頻出するだらう。それだけを手がかりに寺山修司論を試みる人もゐよう。またたしかにゐた。ホフマンでさへ単に一時滞在しただけのグロガウの町のことを、『G町のジェスィット教会』で、司法官試補時代のことを『世襲領』で使ひはした。いづれも私的経験を普遍の次元へ推しすすめる、一つの動機として使つたのであつて、私的経験の証拠固めに記載したのではない。つひには自らに帰納せしめられる無数の分身の一人が〝ひとよりもおくれて笑ふ母〟を愛してゐたことと、寺山修司が戸籍上、〝憂鬱な母〟を有つてゐたことのちがひが、まさに作家と記録者とを分つ重要な要因であることを、定型詩の領域では、まだあへて認めようとせぬのではなからうか。日記から断簡零墨のたぐひの証人集めが作家論の最大にして最後の前提、要素となる世界では、幾度言つても言ひすぎではあるまい。

3

第三歌集は『田園に死す』と言ふ標題をもつ。粟津潔の装釘、挿画による、寺山修司の才能の完璧な、あるひは完熟した集成と言へよう。この後記にも亦、簡潔で、それ自体独立したエッセーとも言ふべき文章がある。

これは、私の「記録」である。
自分の原体験を、立ちどまつて反芻してみることで、私が一体どこから来て、どこへ行かうとしてゐるのかを考へてみることは意味のないことではなかつたと思ふ。
もしかしたら、私は憎むほど故郷を愛してゐたのかも知れない。

故郷とは単に〝生れた〟土地を意味するものではない。ロートレアモンの故郷が、モンテ・ヴィデオとパリのいづれをさすのか、私は断言を憚る。ゴーギャンの故郷はタヒチだと曲言し、マンの生地はヴェニスと偽証するのも一つの真実なのである。

寺山修司の反語的記録に徴しても、彼の故郷が田園、あるひは日本、もしくは韻文、定型、その呪文性を指すことは自明である。

「恐山」「犬神」「子守唄」「山姥」「家出節」すべて七五調三十一音律のもつ、醜悪な美学の弾劾状であり、その腥さ、厭らしさのゆゑに、これらの地獄絵は曼荼羅来迎図と瞬時刹那にすりかへられてゆく。新古今和歌集で浄化、昇華の極に達し、神韻にまで鋳固められた黄金律が、かくも泥臭く血の臭ひ、汗の臭ひでむせかへり、おどろおどろしい呪文に還元されることを歌人は思ひ知るべきであり、散文詩人も同様、決してその呪縛から完全には脱れ得ぬことに思ひいたらねばならないだらう。

寺山修司の戯曲の代表作の一つに、『大山デブコの犯罪』(昭和四十二年作)があるが、その中に次のやうな歌謡が創作使用されてゐる。

〽いしかねぬるに　くちみほそ
のせもたむるは　をえれよら
とますわこきや　あんろゑめ
おてなひけゆう　さへつふり

いろは四十八文字をばらばらにほぐして、無秩序アトランダムに七・五に組みなほしたものと、劇中にもことわつてあるが、それを素直にうけとるとしたなら、この呪文の恐しさはまさに定型詩人、否日本人にとつて致命的とさへ思はれるのだ。小栗虫太郎《むしたろう》ならこれを材料に破天荒の推理劇を書き上げたらう。現代文学の、あらゆるジャンルの作品の彼方に陰陰惻惻として、この無意味な意味に満たされた、七五調の原罪に蝕まれてそれゆゑに薄光る、毒の歌声が底ごもつてひびいてくる。それは、たとえば「フェリーニ・サテュリコン」で、成金富豪自称詩人トリマルキオの摸擬葬儀埋葬のシーンに、突如「阿耨多羅《あのくたら》　三藐三菩提《さんみやくさんぼだい》　般《はん》若波羅蜜多《にやはらみつた》……」と般若心経の看経《かんきん》コーラスが湧上つてくる、あの薄気味悪さと、すれちがひつつ相通ずるものがある。

〽ふるさとまとめて花一匁　この謡を寺山修司は特に愛するやうだ。まこと鐚《びた》一文といはぬところに、憎悪と侮蔑、愛着と憐憫のみじめたらしくまつはりついた私たちの故郷、故国、原体験への示唆がこめられてゐて妙である。その謡すらつきつめたところ、〽いしかねぬるに　くちみほそ……に及ばないのではあるまいか。

大工町寺町米町仏町老母買ふ町あらずやつばめよ　〈恐山〉

亡き母の真赤な櫛で梳《す》きやれば山鳩の羽毛抜けやまぬなり　〈犬神〉

味噌汁の鍋の中なる濁流に一匹の蠅とぢこめて　餐　〈子守唄〉

降りながらみづから亡ぶ雪のなか祖父《おほちち》の瞠《み》し神をわが見ず　〈山姥〉

「紋付の紋が背中を翔《た》ちあがり蝶となりゆく姉の初七日」　〈家出節〉

故郷とは即ち修羅、そしてそのまま地獄であつた。韻文の煉獄、定型の三途の河、もちろんその反世界の逆が、散文の他郷の天国であるはずはさらさらない。アルカディアも桃源郷も痴夢にひとしい。ただこの反とも正とも明とも暗とも、否とも応ともつかぬいらだたしい不安のうつつに比して、かの故郷は韻文のあるひはロゴスの地獄は、いつそ陰惨の底をつきぬけて虚無に達すると思へるだけでもいさぎよからう。

「新・病草紙」「新・餓鬼草紙」は、智恵の力をもつて居直り、言葉の巫術《ふじゆつ》をねじ伏せて台座に居すわつた寺山修司の不敵な哄笑であらう。

ただ、みづからを餓鬼から閻魔に、ハデスの王プルートになぞらへて以来の、彼の修辞の優雅さはどうであらう。これらの草紙にあらはれる鬼は、すべて弱者の変身であり、その縷縷たる怨念の凝縮に他ならぬのだが、それをくちよせする巫者即プルートの語りくちは、言葉の彩の極致である。私はたとへば「室内楽」や「首吊り病」、「善人の研究」や、「天体の理想」に、彼の言葉のアルカディアを見るやうな思ひがするし、これらは寺山修司十五年間の作品中、異様な光を放つ名作に入るのではあるまいかと思ふのである。

いみじくも、彼はその最新作品集『地獄篇』で、〝地獄への工事だけがぼくのユートピア〟と記してゐるが、工事は鬼にまかせておけばよいのだ。この美貌の猛猛しい魔王のためには、鬼はおろか、天使、大天使、熾天使こぞつて言語の綺羅を蒐《あつ》めて献じ、その支配を委ねるだらう。寺山修司は焔に包まれた玉座に坐つて、明日はこびこまれるであらう言葉の死者たちへの、哀憐と叱責の鞭をみがいてゐればよいのだ。日に一度か二度此処を天国と錯覚して、魔王に似つかはしからぬ含羞の微笑をうかべながら。

昭和庚戌神無月晦日

註

註1　引用の作品、章句等、著者の諒承を得て、原典現代仮名遣ひのものは、歴史仮名遣ひに改めて使用させていただいた。

註2　作品解説の補足として、『寺山修司の戯曲2』（思潮社刊）所載の小文〝つらつら椿つらつらに〟を併読願へれば幸甚である。

解説II　透明な魔術

穂村　弘

初めて寺山修司の短歌に出会ったときの衝撃を覚えている。

海を知らぬ少女の前に麦藁帽のわれは両手をひろげていたり

「海を知らぬ少女」にその大きさを伝えるために、「われ」は「両手をひろげて」いるのだろう。ふたりの気持ちについては何も書かれていない。でも、その場の情景がありありと目に浮かぶ。眩しいほどの光と影と風。なんて瑞々しいんだろう。私は寺山ワールドの青春歌に強く憧れた。

かすかなる耳鳴りやまず砂丘にて夏美と遠き帆を見ておれば
わが通る果樹園の小屋いつも暗く父と呼びたき番人が棲む
駈けてきてふいにとまればわれをこえてゆく風たちの時を呼ぶこえ

一本の樹を世界としそのなかへきみと腕組みゆかんか　夜は

だが、自分自身が実際に短歌をつくるようになってから、奇妙なことに気がついた。冒頭の引用歌では、「少女」という他者が「海を知らぬ」と内面から規定され、「われ」の方が「麦藁帽の」とまず外側から捉えられているのだ。これは一見ささやかで、しかし、一人称の視点を原則とするこの詩型においては特異な逆転現象だと思う。例えば、これが次のような形だったら普通の短歌として腑に落ちるのだ。

海を知らぬ私の前に麦藁帽の少女は両手をひろげていたり　〔改悪例〕

でも、歌としては駄目だ。これでは原作の瑞々しさが半減してしまう。普通に書き直すと魅力が消えてしまうって、どういうことなんだろう。この一首に限らず、寺山修司の歌はどこかが、何かが、特別なつくりになっているんじゃないか。私はその秘密を知りたいと思った。

死刑囚はこばれてゆくトラックのタイヤにつきてゐる花粉見ゆ

「死刑囚」と「花粉」が、それぞれ死と生を象徴的に表していて鮮やかな一首である。だが、これもよく考えてみると妙なのだ。「囚人」というならともかく、その人間が「死刑囚」であることが何故わかるのか。しかも、トラックのタイヤについている「花粉」なんて目に見えるものだろうか。まあ、タイヤ全体が「花粉」の色にまみれていたのかもしれないけれど。

　米一粒こぼれてゐたる日ざかりの橋をわたりてゆく仏壇屋

この歌もよく似た構造をもっていると思う。「米」と「仏壇屋」が生と死を象徴しているのだ。そして、同様の疑問が生まれる。「日ざかりの橋」にこぼれている「米一粒」なんて見えるものだろうか。

　飛べぬゆえいつも両手をひろげ眠る自転車修理工の少年

このような歌に出会うことで、疑問の答は明らかになる。「自転車修理工の少年」が「いつも両手をひろげ眠る」なんて、本人だって知らないことだ。それを見てきたかのように歌えるのは誰か。家族？　同室の仲間？　いや、その姿を本当に見ているのは神だけだろう。正確に云うと、作者という名の神だ。その目は全てを見通しているだけではなく、作中世界の全体をコントロールしているのである。ならば、寺山修司の歌について現実的な裏づけを探ることには殆ど意味がないと思われる。

わが切りし二十の爪がしんしんとピースの罐に冷えてゆくらし

孤独が結晶化したような暗い煌めきを帯びた秀作だ。「二十」とは両手足の爪ってことだろう。でも、と思う。現実に両手足の爪を切るときのことを考えると、微妙な違和を覚える。その場合、切られた爪の数はもっと多くなるんじゃないか。勿論、両手足の「二十の爪」という意味合いはわかるけれど。「ピースの罐に冷えてゆく」と云われると、つい物理的な爪の実数を思い浮かべてしまうのだ。ここにも言葉と現実との関係における微かなブレがある。その根っ子にあるものは何か。「爪」を「二十」と断定することの利点を考えてみるとわかる気がする。それによって現実よりも解像度の高い世界が作り出されているのだ。ここまでに見た歌に共通することだが、さりげない言葉の背後できっちりと作中世界に対するコントロールが働いている。だからこそ、寺山ワールドはいつも現実よりも鮮やかで瑞々しいんじゃないか。

これに関連して思い出したことがある。以前、本書にも収められている第一歌集『空には本』から数詞だけを順に抜き出してみたのだが、その結果は「一粒」「一つ」「一ふり」「一匹」「一本」「一本」「ひとり」「ひとり」「一人」「一羽」「一句」「一つ」「一漁夫」「ひとり」「一匹」「一尾」「一つ」「一つ」「一枚」「一本」「一人」「一人」「ひとつ」「一団」「一匹」「一四」だった。つまり、この歌集に出てくる数詞は「一」だけなのだ。これは作中の世界が、作者という神の手によって、完全にコントロールされていることのひとつの証だと思う。

　現実世界に無数に存在する「一」以外の数、すなわち「二粒」や「五本」や「八羽」などの全ては、『空には本』から完全に切り捨てられている。それらは作中世界の鮮やかさを作り出すための役に立たないと、作者によって判断されたからだろう。云い換えると、寺山ワールドの背後には、神の手による魔術が常に働いていることになる。

　もちろん、他の歌人にも多かれ少なかれ作為はある。だが、現実の重力を無視しきれない彼らには、作中世界を支配する神としての意志をそこまで強くもつことができない。寺山修司はちがう。彼は『空には本』の数詞の例からもわかるように、自らのモチーフのもとに現実のパーツを自由に取捨選択して世界を完全に組み換えてしまう。その徹底度は一般的な作為というレベルを超えたものだ。

　このような寺山ワールドにおける神の手には、ひとつの大きな特徴がある。それは一見したところでは魔術が魔術に見えないということだ。本書の元版の解説を書いている盟友塚本邦雄の作品と比較してみよう。

革命歌作詞家に凭りかかられてすこしづつ液化してゆくピアノ
ギヨティーヌに花を飾りてかへりきぬ――斷頭人《くびきり》の待つ深夜のキャフェに
騎兵らがかつて目もくれずに過ぎた薔薇苑でその遺兒ら密會

嘘つきの聖母に會つて賽錢をとりかへすべくカテドラールへ
安息日。花屋のずるいマダム、掌《て》に鋏ふり唄ふ音癡《おんち》のキリエ

いずれも昭和二十六年に刊行された第一歌集『水葬物語』からの引用だが、「革命歌作詞家」「ギョティーヌ」「斷頭人」「騎兵」「薔薇苑」「聖母」「安息日」「マダム」といった語から成る世界は、その時期の日本の現実ではありえないだろう。無国籍的な西洋趣味という点に、作り手の作為つまり神の手の痕跡が明らかだ。しかも作者はそれを隠そうとしていない。むしろ、その仕事振りを誇示しているような趣さえある。現実の日本を超越する新世界を見よ、と。

一方、寺山修司の場合はどうか。こちらは全く印象が異なっている。一見したところ、等身大の〈私〉が我々の知っている日本に生きているように思えるのだ。だが、寺山ワールドの〈私〉は神が自らに似せて作った傀儡《くぐつ》に過ぎない。作者＝本当の私は、五七五七七という定型空間の外部にいて、神のように全てをコントロールしている。

作中世界の創造主たる神は、「少女」が「海を知らぬ」ことを、「トラック」で運ばれてゆくのが「死刑囚」であることを、「橋」に「米一粒」がこぼれていることを、「少年」が「両手をひろげ眠る」ことを、当然知っている。

だが、そう考えると、今度は「ピースの罐に冷えてゆくらし」という推量の文体が奇妙に思えてくる。全てを見通せる神の目に「ピースの罐」の中身が見えない筈がないのだ。とこ

ろが、この神は作中の〈私〉に宿って、その目を借り、手足を動かして、つまり人間の振る舞いを逆に真似てみせる。魔術を透明化するこの二重性こそが、作中世界に特異な増幅感を与えて、同時に読者の強烈な感情移入を誘うのだ。

現在の視点で考えてみると、作中世界の全てを見通すことのできる神の目とは、映画やテレビにおけるカメラの視点に近いものだろう。そして、神の手とは演出家の振る舞いに相当するのではないか。その後の寺山修司が映像や舞台の世界でも力を発揮したことは偶然ではないと思われる。

なお、本文庫には風土社版及び沖積舎版から引き継いだ『寺山修司全歌集』というタイトルが与えられる筈だが、これが作者の歌の全てではない。二〇〇八年に田中未知編による『月蝕書簡』（岩波書店）が「寺山修司未発表歌集」という形で刊行されていることを付記しておく。

二〇一一年八月

KODANSHA

本書は『寺山修司全歌集』（風土社、沖積舎）を底本にした。

本作品中には、不適切な表現が見られます。しかし、作者が故人であること、芸術表現であること、作品の時代背景に鑑み、底本のままとしました。

寺山修司（てらやま　しゅうじ）

1935年，青森県生まれ。早稲田大学在学中に「チェホフ祭」で短歌研究新人賞を受賞。『田園に死す』は畢生の代表歌集。また，俳句，詩，エッセイ，評論などでも意欲作を発表。その傍ら，演劇実験室「天井桟敷」を主宰して国内外で活躍。さらには映画を手がけるなど，終生ジャンルを超えて，時代を先取りする表現活動を行った。1983年没。
主な著書に，『地獄篇』『誰か故郷を想はざる』『幸福論』『書を捨てよ町へ出よう』など多数。『寺山修司著作集　全五巻』もある。

講談社学術文庫

定価はカバーに表示してあります。

寺山修司全歌集《てらやましゅうじぜんかしゅう》

寺山修司《てらやましゅうじ》

2011年９月12日　第１刷発行
2024年11月15日　第17刷発行

発行者　篠木和久
発行所　株式会社講談社
東京都文京区音羽 2-12-21 〒112-8001
電話　編集（03）5395-3512
販売（03）5395-5817
業務（03）5395-3615
装　幀　蟹江征治
印　刷　株式会社ＫＰＳプロダクツ
製　本　株式会社国宝社
本文データ制作　講談社デジタル製作

ISBN978-4-06-292070-4

「講談社学術文庫」の刊行に当たって

これは、学術をポケットに入れることをモットーとして生まれた文庫である。学術は少年の心を養い、成年の心を満たす。その学術がポケットにはいる形で、万人のものになることは、生涯教育をうたう現代の理想である。

こうした考え方は、学術を巨大な城のように見る世間の常識に反するかもしれない。また、一部の人たちからは、学術の権威をおとすものと非難されるかもしれない。しかし、それはいずれも学術の新しい在り方を解しないものといわざるをえない。

学術は、まず魔術への挑戦から始まった。やがて、いわゆる常識をつぎつぎに改めていった。学術の権威は、幾百年、幾千年にわたる、苦しい戦いの成果である。こうしてきずきあげられた城が、一見して近づきがたいものにうつるのは、そのためである。しかし、学術の権威を、その形の上だけで判断してはならない。その生成のあとをかえりみれば、その根は常に人々の生活の中にあった。学術が大きな力たりうるのはそのためであって、生活をはなれた学術は、どこにもない。

開かれた社会といわれる現代にとって、これはまったく自明である。生活と学術との間に、もし距離があるとすれば、何をおいてもこれを埋めねばならない。もしこの距離が形の上の迷信からきているとすれば、その迷信をうち破らねばならぬ。

学術文庫は、内外の迷信を打破し、学術のために新しい天地をひらく意図をもって生まれた。文庫という小さい形と、学術という壮大な城とが、完全に両立するためには、なおいくらかの時を必要とするであろう。しかし、学術をポケットにした社会が、人間の生活にとってより豊かな社会であることは、たしかである。そうした社会の実現のために、文庫の世界に新しいジャンルを加えることができれば幸いである。

一九七六年六月

野間省一